# 我已见过银河，却仍只爱你这一颗星

夏天来了，把记忆一颗一颗挂到天上去，就成了只有自己能看得到的银河……

徐琳媛  主编

 化学工业出版社
·北京·

每一个人，都希望自己是爱情里的王子和公主，有人宠着、照顾着、呵护着。被爱，被暖暖地爱着。

你是我今生最美的遇见，想与你来一场永不过期的约会。岁月的尽头，时光在，你在，我也在。

在这城市里，我相信一定会有那么一个人，想着同样的事情，怀着相似的频率，在某站寂寞的出口，安排好了与我相遇。

这一世所有的相遇，都是上一世的重逢。爱了，是续写前世故事。恨了，是了却前尘仇怨。没有哪次相遇可以准备，没有哪次重逢可以预演。生命是一场情理之中的意外。

直到世界发生了改变，我们才追悔莫及。有些人很执着，有些人凭感觉，也有些人，愿意颠倒自己的世界去换来同一个世界的感觉。

contents

# 目　录

## 第二章

# 世界上有那么多人，我的眼里却只有你

contents

第三章

## 别让时光偷走，你眼皮底下看不见的珍贵

## 第四章

## 找一种坚持去继续，两个人的天荒地老

contents

## 第五章

## 多少浅浅淡淡的转身，是旁人看不懂的情深

## 第六章

## 我们只管负责精彩，老天自有安排

preface

# 前　言

如果有一天，世界上所有的东西，包括太阳，都变成了你最喜欢的颜色，那一定是因为与他相遇了。你不知道为什么会爱他，就像你无法描述空气是什么味道一样，但你知道你需要他，就像你需要空气一样。

上帝很忙，每天要安排那么多人相遇，他没时间等你茁壮成长，也根本没心思听你的温言软语。那些出现在你生命里的人，抓住了，就是你的，自己放手了，也别可惜。你要知道，他未来能给你更好的人，也同样能给你一辈子的孤单。

很多人不是畏惧爱情，是畏惧在爱情里，自己的感受总是那么不坦诚，明明日思夜想，见面却要像熟识的老朋友，嬉笑推搡，就是提不起勇气，说“爱”这个字。

在摇晃的地铁里，明明想紧紧攥住对方的手，却要别过脸去，偷看车窗上他的影子。

你总是提着勇气，扛着尊严，握着一串早就背牢的、在赶夜路时最想拨打的电话号码，却压抑着自己，像蜡一般，渐渐消融了去爱一个人的心意。

世界上没有真正的南墙，就算真的不小心撞了上去，大可破墙而出。把所有的经历当作是生命里的章节，好好感受就好。

爱就是会甜蜜，会生气，会瞎想。当你开始有小情绪，有愤怒和郁闷，才是真正地爱了。他气你哭，但也会哄你笑；跟你抢，但终究会把好东西留给你；说着不在意，但总是第一个想到你；不常说“我爱你”，但比谁都清楚你无可替代。

这个世界原本就不存在天造地设的一双，只有付诸努力成为越来越适合对方的伴侣。你们一个喜欢吃甜食，一个喜欢吃辣味；一个喜欢独处，一个喜欢黏人。能走在一起，并非因为你们天生合适，而是能够在以后的日子里共同扶持。

你们相见时欢喜，不见时想念，包容和慈悲，这样生活即使平淡如沙，亦能如诗似画。最好的爱情，始终是温润的，允许你继续做你自己，更能使你渴望成为更好的人。

想象一下，你们应该经历的比这些还多才对，结婚、生子，两个人满头白发在院子里懒洋洋地晒太阳，而不是在现在就结束了。爱情不会应允你一个无限美好的未来，但它会给予你力量和信心，一路相伴，不离不弃。

有时候，你需要去远方，只带上自己，旅行的意义不在于你拍了几张照片，买了多少纪念品，而在于你经历多少疯狂的瞬间，是不是看到了不一样的自己，和那个你能够分享喜悦和难过的人。

如果有人愿意在你孤单的时候听你分享你的快乐或者不幸的遭遇，那么即便现在是一个人，即便你们隔着万里，你也能感觉到你们像是在面对面地促膝谈心。

你一定要相信，有一天会出现一个人，就和你一直在寻找的、一直以为不可能存在的那个人，一模一样。遇见了他，你终于相信，世界上真的有人可以让你义无反顾，即使与全世界为敌也在所不惜。

他会让你感谢生活之前给过你的所有刁难，会让你像流沙、像落雪，那些别人在上面划了又划的痕迹，他轻轻一抹，就平了，会让你在心底重新生长出爱情。

漫长岁月，如细水长流，能留住什么？你终于可以笃定地说，留住过他的一颗心，并且在里面，装进了你的一辈子。

你丰富了他的生命，他也丰富了你的生命。你们相遇之前是两个人，相遇之后，不是变成一个，而是一个半。你把一半留给自己，那样你才可以更清醒地去爱他。

他在你身边也好，在天边也罢，想到世界的角落有一个他，整个世界都变得温柔安定了。最好的时光里，你悄悄收藏起时光底片，让它变成陈年的私酿，然后在那个夏日的午后，晾晒出任何与他有关的画面。

## 第一章

# 我相信和你在一起，才能迎来最好的爱

我想要的，
是那个你，做的事情就算不浪漫我也会感动；
我想要的，
是有你在身边就安心的每一个瞬间；
我想要的我，是素面朝天，
也可以在你身边笑得很甜蜜。
不管我们要去哪儿，不管前面是什么地方，
也不管我们去干什么，这些都不重要。
重要的是，和你在一起。
走在什么路上都一样。
不想因为要在一起，才在一起。
我想要我们因为爱，才在一起。

## 我的口是心非，只是等着你来挽留

如果我先开口说了“分手”两个字，
请你明白那是我的口是心非，说离开只是想被挽留，
只是想让你可以像我在乎你那样在乎我。

我希望有一天，当我把眼睛沉入你的眼睛，我瞥见幽深的黎明，我看到古老的昨天，看到我不能领悟的一切。我感到宇宙正在流动，在你和我的眼睛之间。

既然我选择了你，就决定这辈子都和你在一起。无论你是贫穷、富贵、英俊与平凡，我看重的只是你的高贵人格和对人生的责任感。

我不在意你现在一无所有，只要你足够爱我，我就可以跟你过平淡的生活，因为有灵魂的爱可以抵挡一切的诱惑。我不怕长途跋涉，因为我要见你，如果你决定闯荡世界，无

论风雨我都会陪着你。

有时我会任性，但不会蛮不讲理。我们尽量不要吵架，就算吵架了，答应我，不要轻易说分手，因为有些话说出来就收不回了。

如果我先开口说了“分手”两个字，请你明白那是我的口是心非，说离开只是想被挽留，只是想让你可以像我在乎你那样在乎我。

我可以不是你第一个喜欢的人，不是你第一个牵手的人，不是你第一个拥抱的人，不是你第一个亲吻的人。但希望，我是你遇到痛苦第一个想倾诉的人，是你遇到快乐第一个想分享的人，是你遇到挫折第一个想依靠的人，是你以后第一个想要相伴到老的人。

所以，请将你心里的某个第一交给我。

我不在意你曾经爱过多少人，曾经做过什么，我不会打探你的过去，因为我喜欢的是现在的你。只要你在以后的日子里，好好爱我，这就足够了。

请你永远不要骗我，如果有一天你喜欢上了别人，不要瞒着我，我想那肯定是因为那个人更适合你。即使我再心痛也不会缠着你，我会转身离开，祝你幸福。愿你选择的人，爱你比我深，懂你如自己。

如果你执意骗我，那请骗我一辈子，直到我生命的最后一天，都让我觉得我是你唯一爱的人。

我不是圣人，只是一介凡夫俗子，我当然希望你成功，希望我们以后的日子不会太辛苦，但是就算不能实现，我依然爱你。只是你要答应我，永远不会放弃向最好的方向努力。

有时我还会做错事，请你多担待，因为我还不够成熟，有时还会说一些不中听的话，请你多包容，那不是我的本意，那是我想得到你爱的信息。

不要吝啬对我说“我爱你，你是我心里最深的牵挂”之类的话，这些话我听多少遍都听不够。希望你说的时候是真诚的，如果我从你的眼睛里读出了闪烁，那就不要再说了。

不敢说生生世世在一起，因为我没有把握，我只是想在这辈子有限的时间里，每一天，我们都相爱。

我是独一无二、无人可替代的，你也是独一无二的，今生能在一起全靠一个“缘”字。只要我们有共同的目标，有共同的愿景，我相信一切都会好起来。

爱情和什么都没有关系，爱情就是爱情，有的爱情自带房子，有的爱情自带车子，有的爱情一开始什么都不带，但我相信，只要和你在一起，将来都会有。

我希望五十年之后，陪在我身边的那个人还是你，你还是愿意将我揽在怀里，不嫌弃。

我在十字路口徘徊了许久，等待了几年，只感觉那种时光很漫长，漫长得我连呼吸都有了节奏感。一段情，一句问候，你在哪里？别让我等得太久。（佚名）

## 世上没有无缘无故的喜欢

有人说过，爱是没有理由的，我不信，应该说爱是有理由的。
因了一句话，我爱上了你，
因为我从那一句话里读出了体贴和关心，
而这正是构成爱的最重要的理由。

从最深邃的视野来看待短暂的人生，终于知道什么是最珍贵的。

最珍贵的是得到真爱，当我们得到一份真爱的时候，不管是穷是富，是平凡还是闻达，我们都成了人生的赢家，人生就此达到了最高规格的完满。

生命是一场浩大的遇见，从呱呱坠地的那天起，我们就一直行走在彼此相遇的路上。

总会有为数不多的美好时刻，偶然遇见你，从不认识也没见过，却神奇地感觉如此眼熟亲切，一见之下难以忘怀。

人生的瑰丽迷人，也正在于这些难以解释的美妙感觉。神秘幽深的美丽，就这样在某天某个疲惫无聊的时刻，不期而至，触动敏感的心弦。

我曾经设想过，如果人生没有那么多的相遇，就不会有那么多的悲欢离合。

然而，人生就是和一些人、一些事相遇的过程。因为相遇，那些日子才充满了意义；因为相遇，那些日子才收获了快乐；因为相遇，才有了对幸福的期待。

人生就像旅行，一路相遇，一路分别，然而只有陪我一起旅行的那个人，才会一直不离不弃。

相遇，是这个世界最美丽的邂逅；相知，是这个世界最持续的美丽；相恋，是这个世界最可贵的持续。我愿用最真的心、最纯的情，与你牵手未来。人生数载风雨，让我早已明白——你是我最美的遇见。

世上果真没有无缘无故的喜欢，即使这样一种即时邂逅产生的片刻情感，原来也出自于彼此骨子里某些相通相似的地方。于是，蓦然邂逅的一瞬，心头惊动，仿佛似曾相识。

在某种程度上，爱是奢侈品，就像天上的虹。也许，爱情只是一次花期，有的花只开一次，轰轰烈烈；有的花，可以应季。

它可能会迟到，但是不会消逝，我们需要做的就是过好自己的生活，在它来临的时候打扮漂亮，到路口去迎接。笑着跟他说，“嗨，终于见面了。”

总觉得，爱应该是有温度的，对于真心相爱的人来说，那自指间流入心底的温暖，足以抵御所有的寒凉。

爱，一个古老而又神圣，温馨而又脉脉的字眼，一个只可意会不可言传，干净而又纯粹的符号，深深融入我们的生命，成为生命里光彩夺目的诗篇。

它就像一个魔法师挥动着手杖，可以让人哭着微笑，也可以让人笑着流泪；它用最简单直白的方式陪伴着我们，走过流年寂寂，走过沟沟坎坎。

是爱，让我们有勇气直面人生，是爱，让我们燃起生命之炬，有力气蹚过岁月的荒芜。

过去的终成回忆，未来还是个未知数。爱你，就是爱现在的你，不挑剔，不抱怨，不苛刻，做一个会爱的爱人。

一生中，其实只有一个真心爱的人。一次遇见，美丽了你，美丽了我，美丽了整个人生。

真正爱一个人是无法说出原因的，我只知道无论何时何地，心情好坏，我都希望你陪我。真正的感情就是两人能在最艰苦中相守，也就是没有丝毫要求。

有人说过，爱是没有理由的，我不信。应该说爱是有理由的，无论是轰轰烈烈的爱，还是平淡如水的爱，都会有它自己的理由。

因了一句话，我爱上了你，因为我从那一句话里读出了体贴和关心，而这正是构成爱的最重要的理由。（佚名）

# 你是我最爱的一份不张扬

有时也心存感激，
在这个世上终还有这么一个人，能够隔远相逢在今生，
用朋友式的理解，亲人式的关爱，父母式的宽容，
任我哭，任我笑，如此坚定地陪伴我。

总有一种遇见，闪亮夺目于千千万万人之中，是命中唯一的喜欢；总有一朵心花，在恋恋风尘之中，悄悄盛开，成为一生最美的守候。

念与不念，有些人，都在心中；见与不见，有些情，终存灵魂。一个偶遇的微笑，浅浅暖在了心底；一份遥远的陪伴，默默感动了生命。

遇见，原本就是一种最美好的情愫。总会有一种充斥灵魂柔软至极的暖，循着彼此的味道而来，为彼此幽暗的生命带来柔和美好的光亮。

秋的凉，冬的冷，终抵不过交错在彼此心中爱的暖流。那眼里的柔波，眉间的浅笑，都心甘情愿地为彼此停留，撑起一片灿烂的天空。

生命中，如果能有一个人，就这样默默地存在着，淡淡地喜欢着，让我们在寂寞来袭之时，依然能够于心之深处，感知到丝丝温暖，在落寞的时刻依然可以泛起浅浅笑容，何尝不是一种幸福?

之所以在乎一个人，是因为心有了感觉；之所以心疼一个人，是因为爱有了甘愿。若喜欢，真心去表白，不给心情留下遗憾；若爱了，就努力珍惜，竭尽全力去付出。这个世界，最真的爱，无可取代。

最真最深的爱，总是深藏不露，不流于形式，不存于表面，而是全心全意为你付出，真心实意为你祈愿，只要你幸福快乐就好。

怀着这样善良的心意去爱的人，无论结果如何，都该得到美好的祝福。原来，最真的爱，是即便你没有那么好，在我的心里，你却仍是最好；最美的情，是我没有那么完美，在你的眼里，却依旧是最美。

你是我最爱的一份不张扬。安静的你，深藏美丽，越过所有誓言，是镶嵌在我内心深处最美的祈念。细水长流地陪伴，静默而不动声色，是不需要告白的长情。

关爱淡淡，回味起来却又是暖意融融。有时也心存感激，在这个世上终还有这么一个人，能够隔远相逢在今生，用朋友式的理解，亲人式的关爱，父母式的宽容，任我哭，任我笑，如此坚定地陪伴我。

我懂，爱或不爱，一直就这么平静地在彼此的情感里涌动，无论时空跨越多远，时间拉开多久，不变的永远是彼此这深深浅浅的牵挂与思念。

你的爱，温暖安静；我的爱，寂寞深情。心有所暖，心有所倾，便是这世上最美的遇见。谁能经得起错过，谁又能忍心辜负。

对你，我没有掷地有声的诺言，我只是默默欢喜，在点点滴滴的眷恋里，把你安放在心上。与你溺在这时光里，彼此默默陪伴着，彼此问候着，搀扶着。

一万个美好的未来，也抵不上一个温暖的现在，时光、爱、伤感、温暖，能记得哪一样，又能遗忘哪一样？

心缱绻，爱你如初。爱你的心意，抹不去，老不尽。真真切切的思念，纯纯净净的相守，不在乎岁月流转。季节交替，我和你的距离，镌刻在思念之上。深深懂得，你在，岁月就在，你在，美好就在。

走过风风雨雨，终于，我们学会了温婉，学会了不说永远，只说相依；学会了只道祝福，不言后悔；学会了只说有你有我。纵使相对默然，心里也是温暖。遥遥地相视一笑，亦是欢心，亦是安然。

流年，请许你我安然无恙，情真意长。（水墨莲花）

# 原来你也在这里

人与人，向来奇妙，
一句“原来你也在这里”就是最惊艳的开场白。

人间的缘，从来由不得自己左右，也从来无法预估。总有那么一种奇遇，是让人怦然心动的永久。总有那么一种邂逅，是让人守候一世的传奇。

人与人，向来奇妙，一句“原来你也在这里”就是最惊艳的开场白。原来，最好的感情，就是呼吸顺畅。最自然而然的感觉，就是心中的最好。

人的一生，路过的风景无数，最美的总在最好的时候呈现。谁是你的景，你是谁的影，有时不需要追问，感情就是一颗心住在另一颗心上，不为别的，只为在严寒时相互取暖。

爱是动人的旋律，爱是年轮刻下的一圈又一圈。你温柔的手，总能抚平我的忧伤；你贴心的暖，总让我无处话凄凉。

遇见你，是性格的改变，是枯燥日子的转变，是拒绝融化的冰的改变。是你，扬起我的心帆，是你，给予我翅膀，是你，让我懂得了爱的模样。

爱你的理由或许很简单，只是因为那天阳光很好，而你穿了一件我最爱的衬衫。爱情，或许就是这样自然而然。

爱你，是源于你最真实的样子，正是因为你的不完美，所以才要留在你的身边，给你幸福。无论时间如何将你我推远，我希望你依旧是那个真实的你，不欺骗，不遮掩，足以让我一眼望穿。

爱的滋味从来难以说清，水是淡的，心却是甜的；天是阴的，心却是明媚的。风是温情的手，摆弄云的妩媚，轻轻的一个揉捏，云就呈现出你的模样。只简简单单的一些细碎，就敲出了爱的乐章。

爱原来就是“简单”二字，简简单单，走入心的，才是最美。

人间从来就没有来不及的事，只有不想要的心；没有不能表的情，只有不想说的人。我不怕来不及，遇见从来就没有早晚；我不怕时光老去，你是我永不停歇的脚步。

从此山山水水陪你走，风吹雨打不停留，陪你地老天荒，倾一世温柔，用生生世世的依恋，醉在你的掌心。魂与魂长在一起，心与心相连，我就是你掌心的爱情线。

爱，让彼此相依，爱，让彼此靠近。因为爱，所以在；因为爱，不会离开。

最好的距离是远近相安，最好的感情是一直都在，最好的缘分是不惊不扰。我喜欢一种感情，纯纯的，暖暖的，温温的，又淡淡的。不需要海誓山盟，亦不需要惊天动地，真真地对待，好好地珍惜，纯纯地相处，稳稳地相伴。

唯愿老去时，有个人住在心中，住在生命里，念起来那么暖，那么真，那么自然。亲爱的你，我希望我们可以纯纯地相处，真真地对待，好好地生活，静静地守候。一辈子，不离，亦不弃。（梦音）

## 彼此陪伴，成为对方的阳光

你对他从来不追，不赶，
只想对他好，照顾他。希望自己像围巾一样，
不让他觉得像领带那么锁喉，
但让他切切实实体会到温暖的包裹，仅此而已。

人生因为有爱而多姿多彩，人性因为有爱而灵动美好，人心因为有爱而充盈美丽。爱让人变得年轻和自信，给人无与伦比的幸福和快乐。

在爱情里，每个人都想要安全感和归属感，安全感是尘埃落定的安稳，在潜意识里知道对方不会离开你，而不是辗转反侧患得患失。相爱容易，难的是让人有归属感。

心若没有归宿，到哪里都是流浪，有些人爱你，却不能给你归宿。最隽永的感情，永远都不是以爱的名义互相折磨，而是彼此陪伴，成为对方的阳光。荷尔蒙负责一见钟情，柏

拉图负责白头偕老。

每个人都想拥有一份心甘情愿的、可以公开明确的亲密关系，跟相爱的人携手共对生命中的艰难困苦，共享喜悦欢乐。当然，若能再拥有共看花开花落的情致，举案齐眉的默契，与子偕老的深情，那就不虚此生了。

爱一个人，不需要条件，只需要一个契机，一个理由，一个因素，比如他很英俊、有才华，他的笑容很阳光，他穿白色袜子、身上有淡淡的香气，或者那夜太冷他为你披衣，你将跌倒的瞬间他扶了你一把……种种细节，足以令你心动。

他爱上你，也许只是因为你裙角飞扬、长发飘飘、长睫毛上的泪珠，还有你的低声细语、回眸一笑、清香的气息，或者他生病时你为他煮粥喂药……刹那间怦然心动，便奏响爱的序曲。

经过了心动，随着交往中双方好感的不断加深，开始共度很多欢乐时光，开始有说不完的心里话，每一刻都想跟对方黏在一起。

情感发展到这个阶段，通常就是两个人确定情感关系的时候，双方心中有了约定：你是我的，我是你的，我们属于彼此。

当一个人遇到爱情的时候，是一生中最浪漫的季节。关心、牵挂和想念充斥着每一分、每一秒。欢声笑语不停息，只要对方高兴什么都愿意。陪他闹，陪他笑，陪他一起烦恼，遇事共同探讨，出双入对，情投意合，甜甜蜜蜜。

真正爱一个人是要爱他的全部，他成了你的生命里不可分的一部分，两个人互有默契，心心相依。对方是彼此无论何时、身在何处，心里最挂念、最放心不下的那个人。

在岁月的流逝中感受着爱，在成长中理解着爱。随年龄及阅历的增长，你们会越来越懂得爱。爱是什么，爱就是在合适的时间遇到合适的人。爱需要勇气，需要责任，需要一辈子的相守。

你对他从来不追，不赶，只想对他好，照顾他。希望自己像围巾一样，不让他觉得像领带那么锁喉，但让他切切实实体会到温暖的包裹，仅此而已。

爱到老，是你们期盼的。如果爱情会老，你们还是要有爱的勇气，因为只有用心地爱，才会永恒。

即使爱情老了，也无所谓，你们会向爱注入新鲜的空气，这空气用真情作为原料，亲情作为辅料，岁月作为见证，用信任和不断的谅解以及风风雨雨铺就，用感恩的心和爱的种子加固，用一辈子的时间和百分之八十的精力修饰维护，因为这是一条爱的路。（佚名）

## 让我再相信一次命中注定

没有人能拒绝爱情的诱惑，
就像端一块缀着草莓的奶油蛋糕，摆在面前，
阳光稀稀落落地洒在白色的骨碟上，
就算不爱吃，只看几眼，也心满意足。

世上倘若有两个人注定要相爱，那么在我们相遇之前，我和你的每一步都会朝着对方走去，不偏不倚，不管是多么的不可能。

我相信这一点，相信冥冥中注定的相遇和分离。有心的人，再远也会记挂对方；无心的人，近在咫尺却远如天涯。

如果我的爱情停留在曾经，它只属于那个时间；如果我的爱情停留在生命里，它就会成为永恒，甚至超越永恒。

把自己关久了，难免也会想念爱情，和一个人十指紧扣，他的指尖温度传到我的指腹，这种诱惑无法抗拒。没有人能

拒绝爱情的诱惑，就像端一块缀着草莓的奶油蛋糕，摆在面前，阳光稀稀落落地洒在白色的骨碟上，就算不爱吃，只看几眼，也心满意足。

爱情是很美好的，美好如仙女棒，它把我们所有不好的、丑陋的心情都施了魔法。

我的步子会越走越轻松，独走在夜间的小径，也会想放声歌唱；想好好地爱自己，把颗颗红色的西红柿装到胃里，美容肌肤；想给自己买花衣裳，把青春时不敢穿或忘记穿的衣服，都拿出来撺掇一番。

我想把自己的年龄再倒着生长一遍，再倒着热爱一遍。

我甚至会觉得，连地铁里汹涌的人流都变得可爱，每个人都在为了梦想，蓬勃地蜕变着。

连擦肩路过的，那些我常常忽视的矮黄的、缀着霜的小野草，我都觉得它们刷刷抖动的叶子，似乎在和春天对着话，装点了春天。

我希望可以如此幸福，和你一起去想去的地方看美丽的风景，吃想吃的小吃再细细回味，在每一处留下我们的足迹与回忆；去爬从前说过要一起爬的山，彼此依偎看天际明亮的星，对着流星许下相依相守的诺言。

我希望可以如此幸福，我偶尔无理取闹，你总是宽容体谅，有时候拌嘴冷战，最后再一起妥协；一起去逛街买衣服，有你为我搭配，有我为你挑选，再冷的冬天也有彼此的心相互温暖。

彼此明白对方不是最好的，却依然执着地爱着；不再计较你爱我多一点儿，还是我爱你多一点儿，只在乎彼此是否幸福快乐。

其实，爱情不过是各人各使一把力，你鼓励我，我安慰你，我们互通心意，互相恳切地深道一句：我爱你。

我愿意把你的幸福当作我的幸福，我愿意在你难过流泪时，将你轻轻拥抱，告诉你无论如何，我都会一直陪在你身边；我愿意在日历上记下每一个值得纪念的日子，将甜蜜和美好永远记在心里。

我想护住爱情，真的需要这么一个人，让我重回到少年时的单纯执拗，再相信一回“命中注定”。

我想每个人都是如此，心里住着一个很简单的、给几颗糖就能哄笑的小孩子。我们要把心里的小孩子放出来，让他秉从天性，找到另一个小孩子，他们一起玩耍，一起在这个世界里摔跤，偶尔也怄气背影相对，但紧紧牵着的手，从来没有放开过……

最好的爱情是就是彼此给予恩惠。我想，遇见你了，我的每个夜都是带着笑入眠的，黑夜亦是第二天的征程，这就是生命给我的最好馈赠。

我想这样爱你，如此而已。（佚名）

## 我们之间是绝版的爱恋

我一直在修炼自己，愿自己成为一个温暖、明媚、有内涵的人，
不为追求完美，只期待可以和你一直走下去。

这世上，总有些情，没有缘由地走入生命，没有时间的预约，没有固定的格式。它要来的时候，自然地来，没有什么能阻挡。

我知道，那是绝版的爱恋，那是灵魂的归宿。所以，我不逃脱，内心深深浅浅的感恩并惜着这样的爱。深是入心，浅是低到尘埃。

爱情有两种，一种让人变得消极，因为爱情没有满足我们的愿望；另一种让一个人灵魂得到升华，因为爱得真、爱得切，于是所有的美好似乎全集中地体现出来。

因为我们从一开始就不曾设想，会是怎样的过程与结果，所以只用一颗真心去对待这份不染世俗眼光的情愫。

轻轻的你来了，恰在我们两颗心懵懂碰撞的时候，不知道那种感觉原来就叫爱情。

当它出现的时候，我没去迎接，也没用心准备。来得如此突然，让我措手不及。不过，那份心的清喜也因它而来。

有时候，不经意间就会去想你对我说的话，哪怕是最平凡不过的言语，对我而言，也是最深情的。因为那是从你心底流淌出来的声音，所以我才如此稀罕。

你的一颦一笑、一言一语，都牵动着我的神经，那种敏感的程度只可用心感知，无法用言语来描述。

无论在哪儿、在做什么，心里总是会不由自主地想起你。听到一首歌时会想起，看到一个场景时也会想起，幻想着一切与你有关的画面。我不清楚，这算不算爱得深，只知道它是情感的全部。

一直相信，这世上有一个人会走进我的生命，从此让我觉得像得到全世界一样的幸福。

真正的爱是用生命去感知，用灵魂去相守。与外界无关，也无关于年龄、门当户对，只要两颗心相印，爱自然产生。因为没有条条框框，所以才显得如此珍贵。

不是拥有全世界才快乐，而是因为你就是我的世界，所以才如此满足。感谢你走进我的心里，更走进了我的生命，后来的每一个平凡的日子都变得不再平凡。

因为你在，所以只记取美好，记忆会自动过滤那些不完美的事物。好的爱情，给一个人带来无穷的力量，这种力量是正面的、乐观的，无须任何外在的形式，只要静静一思，阳光的力量就立刻出现，如此神奇。

心的方向，是自己掌控的。让一段情一直跟随一辈子的其实不是时间，是心。只要心愿意，自然就可以。

相反，就算两个人整天在一起，如果心不曾交会过，那么也只是形式上的在一起，并不曾真正地拥有过彼此。

我只是一个平凡的人，从未想过要倾城，更不曾想过会倾国，只想倾心于我所钟爱的人。一直就喜欢做最真的自己，因为喜欢简单，所以从来与复杂保持距离。

无论这辈子你会在哪里，有你的地方，就是我心灵的港湾。无须任何言语，心始终会坚守一生。这是心的愿望，所以更加懂得心灵想要的那份自由是多么的难得与珍贵，于情于理都不应该不顺从。

时间在流逝，岁月在褪色，对你的情自然随着时间的推移而叠加。我一直在修炼自己，愿自己成为一个温暖、明媚、有内涵的人，不为追求完美，只期待可以和你一直走下去。这是爱的升华，是达到最高境界的一种诠释。（空谷幽兰）

# 我想走入你的心田，成为另一个你

我不会错过一个爱我爱到骨子里的人，
因为每个人的生命里，这样的人可能只有一个，
而这个人大概也只可能这样去爱一次。

无论这个世界变成什么样，爱都是一个亘古不变的话题。就算海枯石烂、天地接合，沧海变为桑田，下辈子也要与你相遇，这便是爱。

有一个人在等着与我相遇、相识、相知，然后一起慢慢变老，那么我便是幸福的。

其实最好的时光，就是你在我在，爱在情在，温暖在幸福在，一辈子在一起，不分离。

有些相遇，虽惊艳流年，却注定无法温柔彼此的生命；有些感情，虽平淡无奇，却会在细水长流里见证永恒。有些

事、有些人总要去经历，才会更加懂得爱的真谛，进而学会正确爱人和爱对的人。

当我想念你的时候，就会义无反顾地去见你。

我会去见你，趁阳光正好，微风不噪，花儿还未开到灿烂；趁现在还年轻，还可以走很长很长的路，还能诉说很深很深的思念；趁世界还不那么拥挤，飞机现在还没有起飞。

我会去见你，趁记忆还能够将过往呈现，趁现在时光还没有吞噬我们的留念；趁现在双手还能拥抱你，趁我们还有呼吸。

我会去见你，趁月老还仁慈地让我们相惜。不去幻想相见的场景，不去焦虑如何地言语，不去在意两地的距离。

我会去见你，趁自己还活着，你还活着。趁我还爱你，你还爱我。

我会疯狂一次，走十里路，翻五座山，蹚两条河，去拥抱你。

我不会错过一个爱我爱到骨子里的人，因为每个人的生命里，这样的人可能只有一个，而这个人大概也只可能这样去爱一次。

每个人对于爱情的理解都是不一样的。有的人认为爱是占有；有的人认为爱是包容；有的人认为爱是懂得；有的人认为爱是心心相印，无言也有的温暖；还有的人认为爱是无私地给予……每个人经历的爱情不一样，只有自己经历了才能明白个中滋味。

感情里我是个很简单的人，你对我好，我不会随意挥霍你的好，我更懂珍惜而且会对你更好，我觉得你是个能给我安全感的人，你就是可靠的人。

安全感，是闭着眼也能心无旁骛走下去，是开着灯觉得做梦都是明亮的，是一个人尽情生活忘记什么是等待，是你说我爱你，我便放弃对世间所有的防备，是你说在一起，之前所有的独处都成了能遇见你的原因。

安全感就是，你是贝壳，我是软体，即使有了沙粒，我也有把它变成珍珠的决心。

爱是一种感觉，一种甜蜜，有涩有甜有泪有笑。爱一个人，心会盛放一树花，每一朵花都代表了对爱的执着，待花香满地，爱成习惯，便是永远。

爱是一种责任，每一季叶落，都需要生根，每一朵花开，都需要结果。昙花一现的感情只是年少时的心动，仿若欲罢不能。时光会证明我最爱谁，谁最爱我。相思倦了，爱需要一个港湾，还有一颗遮风挡雨的温暖的心。

爱是一种懂得，不应是束缚，抑或是痛苦。懂得感恩，感谢一路上收获的点点爱意，在有爱的日子里，珍惜缘分，珍爱自己，告诉自己，我很幸福。

你是上帝赐予我的爱情，融化在我寒冷的生活里。因为有你，即使是冬天也很浪漫，一切都很温暖。

我想让你看穿我坚强的背后，还有好强、逞强；我把所有的缺点都展示给你，依旧盼着你痴爱不改；我要让你懂我全部的心思，一个微笑，一个眼神，都是默契；我愿意走入你的心田，成为另一个你。（佚名）

## 幸福需要用心伴着爱行走

爱情的美丽，就在于心有灵犀地站在彼此的对面，
虽然无声无息，却能读懂对方的悲喜和冷暖，
那些心灵的契合，那些把彼此融入生命的美，
何尝不是今生一场别开生面而又繁华温婉的幸福！

爱情就像是一块水晶，干干净净，透彻清凉，却也会反射出艳丽的五光十色。它是坚韧的，又是脆弱的，既可以供人欣赏，又需要被人小心翼翼地呵护。

拥有爱情是幸福的，因为我们拥有的是一块能折射自己的水晶，这无价之宝将带给我们责任感和力量，以及勇气和新生。

一生总会傻几年，人人如此。幸福就是让傻子永不醒来，只因为，爱情不过就是遇到了一个你愿为之做傻事的人。

爱情不合乎逻辑，这或许就是爱的逻辑。真正热爱的，

或许并不是一个大家公认的最该爱、爱的最正确的人，而是一个使我忘乎所以、无法不爱的人。爱不是因为被爱，只是因为爱。

真正的爱也许不仅仅是浪漫的相遇，热烈的吸引，醉人的蜜语和澎湃的激情，也许更应该是深广的宽容和细微的疼惜，淡远的关爱和无声的表达。用心伴着爱情走，爱情才会永远伴着心走。

不要以为找到一个相爱的人，厮守一生就是幸福。不必相信轰轰烈烈、惊天地泣鬼神的爱情，这种爱情，无异于大海捞针。

当两个人真的相爱了，才知道，真正的爱情不是要占为己有，而是让爱年轻，永远不老，才是最好的爱，就这样把他放在心底暖暖的就好。

似乎一下子长大了一样，明白了一个道理，爱情不是生命的唯一，但是可以让美好的爱情住进心里，温暖今生的每一个岁月，珍惜眼前拥有的幸福。

爱情的美丽，就在于心有灵犀地站在彼此的对面，不说你爱他，他也能从你眼神领会“我爱你”。虽然无声无息，却能读懂对方的悲喜和冷暖，流年安暖。

只因心中有他，那些心灵的契合，那些把彼此融入生命的美，何尝不是今生一场别开生面而又繁华温婉的幸福！很多人说爱情是自私的，其实真正的爱情是宽宏的，是舍己的。

有人说，幸福的秘诀就是抓准爱的节奏感，可是什么是爱的节奏感？就是随时提醒自己的节拍，踩稳步伐，该停的时候停，该走的时候走，该进的时候进，该退的时候退。

能够倾听自己内在的声音，了解对方的感受。所谓爱的节奏，就是要靠双方共同去调整，才能够共同掌握。

人生，没有绝对的圆满。让我们用宽容的心，去补足那些缺憾，让人生尽量圆满。爱是两个人的事，当爱来临时，两个人要同时打开心门。爱是一种幸福的能量。只要你曾经拥有过幸福，那么幸福的能量就会留在你的心里。

爱情的视觉并不是靠眼睛，而是靠一颗温柔善感的心灵；幸福，是心灵的感受，当我们懂得珍惜自己、珍惜别人，就是拥有幸福最大的财富。

当我们认真寻找幸福的时候，蓦然回首，会突然发现，幸福其实就站在我们身边，并不遥远。

总有一天你会遇上那么一个人，他让他的欢笑和泪水都有意义，他善待你，把你当成生命中最重要的那个。爱的表现仅仅是，只想和你在一起。

该爱的时候就不要放过机会，当你遇到那个彩虹般绚丽的人，请对他说：亲爱的，我申请，从今天起加入你的人生。（佚名）

## 第二章

# 世界上有那么多人，我的眼里却只有你

真正的感情是，
两个人的默契慢慢将两颗心的距离缩短，
在无意识中渐渐靠近彼此。
用不了多久，从你喜欢上他的那一刻起，
也许他也在那一刻喜欢上了你。
同节奏的爱情往往能奏出最和谐、最动听的乐章，
两个人在一起轻松快乐，没有压力。

# 因为偏爱，我愿意一意孤行

你的一分关心让我放弃了十分的甜言蜜语，
一分坦诚让我放弃了十分的信誓旦旦，
再加一分在意，让我得到了全世界。

我喜欢黑夜。望着夜空的繁星，眺望着那一弯弦月，揣着四季不同的风，心总会变得宽阔起来，哪怕没有人对语，也不再烦恼，而像是解脱。

我以为，面对爱情，我的心会变得平静和麻木，但事实并不是这样。你的出现，让我失魂落魄，让我牵肠挂肚。当你把我的心占得满满的，我才知道不是不爱，只是昨天没有人值得我去真爱。

当我爱上你的时候，也不知道自己是什么时候对你产生了好感，也不知道是什么时候爱上了。

只是在某一刻，觉得和你聊天很开心，直到你要离开的时候，我的内心产生一种依恋，在不见你的日子，莫名其妙地想你了。

有时候，爱的降临是不知不觉发生的。没有预备，就这样开始了，还那么的突兀。

有时我会想不明白，或许你并没比别人好多少，却还是莫名其妙地爱上了，莫名其妙地喜欢上你脸上任何一种表情。

就像电影里的偶遇，让人意外。一次的相遇，开始也许没有那么美好，却这样真实地走进了生命里。如果从来都不认识你，也许命运依然会像昨天一样暗淡无色。

原来爱是一种感觉，无法说清楚的感觉。

认识你以后，我开始慢慢卸下厚厚的伪装，一点点地被你感动。喜欢你的幽默诙谐，喜欢你说话的腔调，喜欢你对生活一直充满希望的乐观，你的一举一动都在感染着我慢慢地快乐起来，让我学会了深入地思考尘世中的缘起缘灭。

我明白了，爱一个人就是希望对方过得幸福，过得好。原来有一种爱叫懂得，也叫真诚。

想起有你的日子，无论是相聚，还是别离，对我来说，都是一种思念和幸福。

全身心去爱一个人，真的不是一件容易的事情。就算彼此不联系，就算彼此分隔两地，但思念的心，依然牵挂，依然祝福，依然想起会笑。不知此时的你，是否和我一样，也在思念着我，想念着我。

我喜欢站在窗户边发呆，遥望着夜空，哪怕没有星星，心却是暖的，甜的。我们现在已经从热恋进入了最理智的恋爱。生命延续到了现在，才突然发现，原来真爱一直都在。

曾经我只是认识你，而现在我懂得你。我只是想永远地陪在你的身边，照顾你，陪伴你，好好地爱你。

不是所有的心愿都能够来得及实现，不是所有的人都能够美梦成真。虽然过去我也爱过他人，或者是我早在自己的一片蓝天上飞过，迷失，但是，自从爱上你，我才知道什么是真爱，什么是真正蔚蓝的天空。

没有真爱的生命总是有那么多的遗憾，眼泪也就成为无能的表现。没有真爱的日子里，一个人好孤单，一个人好失落。

而今，在这样安静的夜晚，我想起了你的存在。因为有你，我不再孤单，不再害怕。因为始终都有一个人，愿意牵起我的手，带着我走，那样我才不会迷路。

你是我的梦，那么真实。我会坚持这个梦，带着生命的期待，继续未来的旅途，哪怕最后只剩下一个人，也永远不会轻易地放弃。因为未来的路，总会有一个人陪着我走，那一定是你。

人这一生总会爱上那么一个人，你可能并没有多好，而我只是刚好就喜欢那几分好。

你的一分关心让我放弃了十分的甜言蜜语，一分坦诚让我放弃了十分的信誓旦旦，再加一分在意，让我得到了全世界。

这叫偏爱，因为偏爱，所以一意孤行，没有理由，只因我灵魂缺失的一角只有你能补全。（佚名）

## 我们是为了彼此而生的

是谁说过，或早或晚，
会遇到一个真正属于灵魂里遇到的人，
遇到了，得不到，就是晚。

相遇这么美，我们怎么舍得辜负流年。因为有你，那些朴素而铭心的时光，柔软而温暖。浅浅地回眸，淡淡地相伴，诠释着知遇的珍惜。

爱，本身就是一种互相给予，在给予爱的时候，也别忘了给他一个爱你的理由。待经年回眸，一切都是如花的模样。

总有一个身影，徘徊在梦里梦外，若隐若现，一遍复一遍；总有一种思念，流连在窗里窗外，若有若无，一天又一天。

我与你，此岸与彼岸，总有一股淡淡的忧伤，一股淡淡的挣扎，那悲与欢的交错，却让一切柔软得不可思议。

或喜或忧，与你相对的每分每秒，温馨而宁静，美好而心安。

人生这么长，又那么短。和无聊的人在一起，再短的时候，也觉得漫长；和喜欢的人在一起，天长地久也是一瞬。

是谁说过，或早或晚，会遇到一个真正属于灵魂里遇到的人，遇到了，得不到，就是晚。

我一直认为，无论是早是晚，遇到是幸运，也是缘。适合走到最后的人，从一开始就是为了彼此而生的。

我相信这一点，相信冥冥中注定的相遇和分离。一个天涯，一个海角，远吗？唯有用心丈量。以为天涯很远，其实在心底；以为咫尺很近，却是无可触及。

爱，无形，近在呼吸可闻，又无法言喻；爱，有形，无论相隔多远，总能紧紧相牵。若是不爱，近在咫尺，也是天涯；若是深爱，远在天涯，也在命里。

有一种感觉，是有你心安；有一个人，是相隔天涯也温暖；有一种思念，是想念时的微笑，还有挂在脸上的泪珠；有一种爱，是融入了生命的真实。

爱，即使再远，也能感受彼此的悲欢，只一声懂得，便可在流年里，相依相伴。

你是我今生无悔的邂逅，也是我今生温暖的依靠。静静地，陪伴着你，不苛求分分秒秒的拥有，唯愿且行且惜。

尘世中虚幻的东西太多太多，而你却给了我一种能够触摸的真实，一席温暖了彼此心扉的相知的话语，一份萌发自内心的由衷的欢乐，轻轻镌刻在你我相识的日子里。

不求你给我更多，我会将你一直存放在我的生命里。如果时光能够允许我，在你的内心留下一些东西，那么我希望，能在你的生命里留下一串洁白的脚印。

爱不会因为时间的改变而改变。有一种抵达叫永远，没有尽头。如果你问我，永远到底有多远。是在心间久久不肯了断的思念深处。

你的莫失，我的莫忘，便可将时光拉入怀中，一世温柔，悄然欢喜；我的且行，你的且惜，便可将所有委屈都忘记，一路风雨，无怨无悔。

不是每个相遇的人，都可以十指相扣共伴一生，时间一边改变着许多东西，同时也加深着某些东西，在一段最美的距离里相知相惜着彼此，不拥有也不会失去。

原来，爱就是给你无边的温暖，时时想起，总觉相遇太晚。有种情，无关风月，却总是与文字有染，分分秒秒，总想陪伴永远。有种远眺，含泪微笑，是生命里难舍的牵绊。有种懂得，心有灵犀，是心与心的无语感知。

我们之间无须朝朝暮暮，只要一份相知相惜，就能抵达美丽的永远；无须海誓山盟，只要甜美的默契，就能依偎心底里的柔软，或喜或悲，或苦或甜，能够遇到就是无憾。

我始终相信，今生有你，相隔天涯也温暖。（佚名）

## 你是我另一半的生命

终有一天，我爱上一个人，却与爱情并无关系。
我深切地知道自己难以割舍，
只因在内心最敏感的缝隙，那人终与时光长成了一体。

如果，绿色是春天的，春天是太阳的，太阳是湖水的，湖水是眼睛的，眼睛是微笑的，微笑是歌声的，歌声是草原的，草原是微风的，微风是你的。

那么你也是我的。只不过我并不是想拥有你，只是想要一个满是绿色的世界罢了。

如果，星星住在云彩心里，云彩住在天空心里，天空住在花朵心里，花朵住在飞鸟心里，飞鸟住在大树心里，大树住在苹果心里，苹果住在小象心里，小象住在冰箱心里，冰箱住在你心里。

那么你也住在我心里。只不过我并不是想要靠近你，只是想要心里有很多星星闪烁罢了。

如果，彩虹离不开雨滴，雨滴离不开草尖，草尖离不开夏虫，夏虫离不开月光，月光离不开玻璃窗，玻璃窗离不开猫咪，猫咪离不开牛奶，牛奶离不开美梦，美梦离不开你。

那么你也别离开我。只不过我并不是想留下你，只是想要亲手拉住一条彩虹罢了。

如果，初雪会被窗台想念，窗台会被盆栽想念，盆栽会被花蕾想念，花蕾会被露水想念，露水会被傍晚想念，傍晚会被悠长的小道想念，小道会被金黄色的落叶想念，落叶会被昨天想念，而你在想念每一个昨天。

那么你也会被我想念。只不过我并不是要你挂念我，只是想要记住每一场初雪罢了。

如果，火车想要为了归人停留，归人想要为了灯火停留，灯火想要为了夜晚停留，夜晚想要为了枕头停留，枕头想要为了疲倦停留，疲倦想要为了镜子停留，镜子想要为了笑靥停留，笑靥想要为了离别停留，离别想要为了你停留。

那么你也让我想要停留。只不过我并不是想要依赖你，只是想要拦住远走的火车罢了。

如果，荷花是蜻蜓的怀抱，蜻蜓是雨季的怀抱，雨季是哀愁的怀抱，哀愁是纸伞的怀抱，纸伞是影子的怀抱，影子是掌心的怀抱，掌心是手指的怀抱，手指是亲吻的怀抱，亲吻是你的怀抱。

那么你也是我的怀抱。只不过我并不是想打扰你，只是想要拥抱住一支小荷罢了。

如果草莓的意义是青春，青春的意义是自由，自由的意义是风筝，风筝的意义是家和家里的人，家人的意义是晚餐，晚餐的意义是等待，等待的意义是久别重逢的问候，问候的意义是情谊，情谊的意义是你。

那么你的意义是我。只不过我并不是想定义你，只是想要吃掉一颗草莓罢了。

如果，孤独本来就应该和书籍在一起，书籍本来就应该和清晨在一起，清晨本来就应该和糖果在一起，糖果本来就应该和公园在一起，公园本来就应该和气球在一起，气球本来就应该和舞鞋在一起，舞鞋本来就应该和钻石在一起，钻石本来就应该和未来在一起。未来本来就应该和你在一起。

那么你本来就应该和我在一起。只不过我并不是想牵绊你，只是想要守住我的孤独罢了。

终有一天，我爱上一个人，却与爱情并无关系。我深切地知道自己难以割舍，只因在内心最敏感的缝隙，那人终与时光长成了一体。

渐渐地我不再迷信缘分，因缘分而来的东西，总有期限。于是我更愿意相信那不是爱情，那是我另一半的生命。

我深深相信，会有那么一个人用尽全力爱上我的全部。我的哭，我的笑，我的任性，我的温柔，我的依赖，我的自私，我的天真，我的粗心，我的疯狂，我的安静，还有我同样用尽全力爱上你的全部的那颗心。（CaR）

## 世界很美，只因有你

一座陌生的城市，两个不曾相识的人，
因为缘分而邂逅，彼此之间多了几分牵挂与思念，
多了几分憧憬与渴望，那是缘分的神秘与玄妙。

有时候我们都有一种感觉：一座陌生的城市，两个不曾相识的人，因为缘分而邂逅，彼此之间多了几分牵挂与思念，多了几分憧憬与渴望，那是缘分的神秘与玄妙。

爱，不言不语，让心海如澜；爱，浅浅淡淡，任岁月流转；爱，起起伏伏，使心清澈如水。没有人可以留住时间，却可以留住心中的爱。沿着思念的经纬，走进生命的绿洲，独自去感受爱，品味爱，倾听爱的呼唤。

爱的路上，没有单行道，并不是只有付出，才是真爱，真爱并不是只有索取。生命和爱情的条件，是勇敢和承担。

生活是一部悲喜剧，只有融入其中，才能知其苦乐。

人因爱而幸福，这是善爱的人。爱需要智慧，爱的智慧来自于对爱的实质有着深刻的认识。

一个善爱的人既要充分地表达情感，又能很好地把握与被爱者的距离与尺度；而一个情感丰富的人，亦需要所爱的对象有着同等的爱的元素。

爱着就是幸福，知遇就是温暖。你说我是你的唯一，我也说你也是我的唯一，你走进我的心房，我爱你的一言一行。

每每想起，你我一路走来的点点滴滴，你带着幸福的微笑，在我的生命里，早已开成一朵人世间最妩媚的花，深深地种在我的心底。

爱是一首歌，有歌的动人旋律。爱是一首诗，有诗的婉转绵长。爱是一种狂热，爱是一种迷恋，爱上就不会轻易放弃，因为爱的暖流包围着彼此。

生命和生活的美好，源于“我爱你”三个字，讲出来只要一秒钟，解释要几分钟，证明却要一辈子。它需要我们心中的那一份坚持，那一种精神，那一种信念。不离不弃，或许就是“我爱你”这三个字的最好诠释。

你的爱，不讲任何条件，所以无言；不附任何条件，所以铭刻；不掺杂任何杂质，所以纯净，无悔而永恒。

这爱，不为风不为云只为雨；这爱，不倾国不倾城只倾所有；这爱，不唯美不唯情只唯心。无言的爱，无声的爱，是最暖的爱。

爱的时候，心里有了想念，对着远方大声地呼喊。我想对你说，我想你，你可知我的心意。

这份想念是美丽的，幸福的，每一个思绪万千的夜晚，因为有了想念格外灿烂迷人。

你说，你知道我在，所以你也在，安好地生活，静静地守候，默默地期待。你会微笑着在阳光里，凝望我的身影；我会快乐地在迷雾中，注视你的思念；你会温暖地在微风中，怀想我给的温柔；我会沉醉地在夜色中，期待你走进我的梦。

上天把最美的时光赋予我，我也会用最真挚的心去对待这段最美的时光。我在这里静静地看着远方，因为我知道，你一定在身边。（佚名）

## 相爱是最真实的温暖

一份纯真的甜蜜，一种来自心底的暖，不为索取，只为给予。
不为时时牵着你的手不放，只为与你一起相依相伴，直到永久。
这样的暖一定会把“爱情”两个字包装得异常经典和豪华。

生命的长河里，因为有缘，总是在遇见；因为有爱，总会有心动。人生，就是一场又一场的相遇。

相遇，是缘分，无对无错，珍惜宽容才会永远；缘分，是灵犀，无近无远，随心随性才能永久；灵犀，是心动，无约无期，自然在心方能永恒。

相遇相知的风雨，缘聚缘散的情怀，心有灵犀的感慨，在彼此的微笑里，在彼此的岁月里，在彼此的心扉里。无须刻意，无须奢望，自然静默在心。

爱深深地耕植于心田，情默默地渗透于血脉，总是悄无声息地牵连着两个真诚相待、真心相爱的人。

美好的生活，源于爱的温暖和滋润，才令人对生活充满憧憬和希望。

爱，就是牵着一双想牵的手，一起走过繁华喧嚣，一起守候寂寞孤独；就是陪着一个想陪的人，高兴时一起笑，悲伤时一起哭；就是拥有一颗想拥有的心，重复无聊的日子不乏味，做着相同的事情不枯燥。

爱一辈子，闹一辈子，忍一辈子，守一辈子，平淡朴素，简单温暖。温柔了一场相遇，明媚了陌上花开，芬芳了指尖流年。

说不清是什么时候与你牵绊的，但我知道，这样的羁绊是一种至高的爱情极限，是将两颗心融为同一次跳动，那是生死难离的纠缠，是无与伦比的暖。

开始快乐着你的快乐，忧伤着你的忧伤，甚至你的一动一静都会影响我的心膜一收一张。

也许只有这样我才知道，你已经在我心里了，那种彼此牵绊的甜蜜，永远是一份搅动在心底的暖。

这种暖是你一直在给我的。也许，世上真有这样的一种情感：一份纯真的甜蜜，一种来自心底的暖，不为索取，只为给予。

不为时时牵着你的手不放，只为与你一起相依相伴，直到永久。这样的暖一定会把“爱情”两个字包装得异常经典和豪华。

爱是生命里的春天，灵魂就像一只青鸟，停留在繁华盛开的枝头。此时，光阴是美丽的，清风是柔软的，花儿是鲜艳玲珑的。

如若，心存一份美好，就不会轻易被痛苦砸伤；心存一份感动，就会温暖匆匆流年。

有爱的生命是鲜活的，懂爱的人生是快乐的。如同人间最美的四月天，不受季节转回的约束，不受冬日寒霜的侵扰，沐浴着明媚的阳光，牵念着相依相随，心似彩蝶在岁月的花丛中自由漫舞。

心中向往幸福，心灵渴望温暖，希望爱人懂己，是每个人心中美好的情愫。

虽然我很平凡，但是，我相信，走过流年的山高水长，总有一处风景，会为我而美丽；总有一个笑脸，是为我而绽放；总有一个你，知我冷暖，懂我悲欢。

所有相遇的千回百转，为的是来到世上，遇到懂我的你。

一份彼此倾心的温情，不在灯火阑珊处，必在心有灵犀时。情因爱而深沉，爱因懂而深刻。其实，世间所有的过往，都值得珍惜；曾经所有的经历，都是一种懂得。

所谓温暖，从来不是单向的，我把自己抱得再紧，一样还是冷，只有你抱着我，我才能感到真实的暖。所以每天都要对自己说，不要抱，要拥抱；不要爱，要相爱。

我能感觉，我们是很单纯地在一起，但很甜蜜。这种甜蜜是一种纯粹的心境，是清晰得可以安静地搅动心底那份暖的甜蜜。是钟爱一生，倾情一世，也是我所有记忆中唯一不变的蓝色记忆，深沉、浪漫、唯美、高贵。（佚名）

## 我的方向只有一个，就是有你的地方

当有一天老去，看着欲坠的夕阳，你是不是会悄悄怀想，
那已经远去的时光，那点点金黄的记忆，
有我们幸福的欢笑，这些都化作细密的纹路，雕刻于我们的眉眼之间。

无论人生几何，每个人的心底，都住着一个永远也长不大的小孩。我们渴望着一种心灵的安全庇护，渴望着一种唯美如诗的心情。喜欢将生命里每一个平凡的晨起黄昏，用夏的绿荫和淡淡的花香充满。

每个人的骨子里，也都渴望着一份浪漫情愫的包围，期望在一份如花的缘分里，向自己走来一个倾慕已久的他。他可以不英俊，但一定要有成熟的心境和深邃的目光。

我最初喜欢上的，是你淡淡的微笑，是你与众不同的才华，后来我爱上的，是你那永远洋溢着生命色彩的灵魂。我

喜欢和这样的灵魂碰撞与交流，因为这会使我的心境变得更加淡雅和迷人。

时光的脚步，伴你我走过一季又一季；时光的沙漏，让你我更加懂得珍惜。

相遇即是缘分，若说无缘，人海茫茫为何单单与你相遇。不尽的思绪在夜风飞扬，我的方向只有一个，那就是有你的地方。

想来这世间有一种美，是清澈的相逢，是默默的相伴，是无言的懂得。如蓝天与白云的相映，江河和小溪的相拥，绿叶同红花的相衬。

它们相映成景，远离世俗，是那样的自然。光阴浅淡，爱能慰藉生命深处的荒凉，为遇到这样一个你，我只宁静微笑，粲然感恩。

有时我会怀疑你是不是另一个我自己，因为在相处中，我发觉到你是那么的贴近我的心灵，我们之间竟然有着如此之深的默契。

总是与你有聊不完的话题，心底总是萌发出许许多多简单的快乐。那快乐就像夏天的原野里，面对着太阳无忧无虑微笑的向日葵，笑得那么自然、那么舒心。

一双亲和的眼眸，一颗善良的心灵，一个高大安全的身影，一颗富于追求又盈满真情的灵魂，如此这些，足以抵达我的灵魂。

我们从不轻易将“爱”字道出。你说不喜欢轰轰烈烈之后便销声匿迹的感情，更喜欢细水长流的感觉，更喜欢将一个人和一份真挚的情谊伴随到生命的尽头。

人生就是一场旅行，在旅程中我们会遇到无数的风景和无数的人，但是能装在心中的却总是少数。

人生因为一种高尚的情感而焕发出不一样的动人光芒，生命因为爱情而彰显出不同的色彩和美丽。

那份朦胧的感觉是那么深地触动了我们的心，让沉静的心海泛起了无数美丽的涟漪，一缕温馨柔和的感觉在心头久久萦绕。

有一段清澈的相遇，所有的语言，都无法表达那份真，心中就只是眷恋那一方山水，那一条路，还有那个你。

有些缘分纵然千回百转终是初衷不改，青草绿了又黄，花儿开了又谢，一春又一春，而你和爱一直都在，这便是一生一世的缘。

遇见，是生命的缘，心的远近，来自点点滴滴的积累。总有些眷恋，藏在时光的角落里，为爱修行；总有些简单，写在如水的光阴里，让心底生长出婆娑的感动。

美丽的记忆是不需要抹去的，就让它们安静地盛开在那里，装点和美丽我们一生的风景。

真爱，有时并不是为了求得所有，只要还有你在真真切切地爱着我，心心念念地牵挂着我，这一刻我就是幸福的，我就是温暖的。

当有一天老去，看着欲坠的夕阳，你是不是会悄悄怀想，那已经远去的时光，那点点金黄的记忆，有我们幸福的欢笑，这些都化作细密的纹路，雕刻于我们的眉眼之间。（佚名）

# 你的所在就是天堂

时常在心里笑，笑自己是如此颠倒在美丽的海市蜃楼，
却又笃定地知道，你的所在就是天堂。

有人说过，相遇未必在最美的季节，脱去了繁华的遮掩，一个真实的自我展现在你的眼前。我们相逢日久，那维系情感的暖，时时在彼此心间涌动。相视，无须多言，此时无声胜有声，一切的话语都静静地在灵魂里凝聚。

爱情是一种宿命，总是不可思议地来临。美好的人和美好的爱，可遇不可求，常常在意料之外出现。谁与谁相遇，谁与谁拥有，冥冥中早已注定。缘分就是刹那间建立起深厚的感情，不需要理由。

一个人走进另一个人的世界，只需一秒，惦念却需一生

也总觉得不够。一生之中，心里有一个时刻可以思念的人，是一种温馨的幸福。一生之中，遇到灵魂相似的那个人，更是一种幸运，两个人彼此惺惺相惜，相互懂得是一种完美的幸福。

有一种情，注定相遇了就会终生的眷恋，无关风雨，也无关阴晴，只因那个人是你，这个人是我。

没有你的世界，一片灰暗，尽管我的心是明媚的，然而那份彩虹只因你的出现，才会到来。

你那里有希望的光，我不由自主跟着跑，忘了矜持，忘了骄傲，忘了现实的距离。一直往那个方向凝望，倾听你的声音，把内心的一切芬芳，与你分享。

时常在心里笑，笑自己是如此颠倒在美丽的海市蜃楼，却又笃定地知道，有一个人真实地存在，那就是一切，那就是世界。你的所在就是天堂。

你是上天派来陪伴我的天使，与你在一起，心一直是明净的，连梦里也感到幸福的甜美。曾多少次想到你，思绪便如涌而来，只因，你一直住在我的灵魂里。

始终相信，这世上一定有一个人懂得自己，懂我的欲言又止，懂我欢笑背后的泪水，懂我快乐时的忧伤，懂我每一次的决定与起航，懂我的初衷，懂我的沉默。

人生中，那种相见恨晚的情感，都在风风雨雨中度过，相守在日日夜夜的牵挂里。你若懂得，你便是我今生永恒不变的暖。

你是我生命中最美的诗行，如果真有下辈子，我期望可以早早地遇见你，弥补我们这辈子晚遇的遗憾。因此，自从相遇你的那一刻起，我一直在加倍地对你好，将所有未曾相聚的时光全部填充。

生命本来就是在交错的轨迹里相逢，不问彼此的过往，只愿如今你安好，我会因你的快乐而快乐，为你的伤痛而分忧。

两颗惺惺相惜的心，慢慢靠近，相互抚慰。我们肩并肩地相互扶持地一起走下去。一路上，我们牵着手迎接狂风暴雨的洗礼，因为有你，因为有我，我们已不再孤单。

你走近了我的世界，我住进了你的心里，生命中感谢有你，与我相依相偎，陪我经历风风雨雨。我们不知道什么是地老天荒，什么是海誓山盟，我们只知道，有限的生命旅程里，我们手牵着手一起走过。

你是我今生最美的遇见，想与你来一场永不过期的约会。岁月的尽头，时光在，你在，我也在。

年轻时我陪你看日出的壮观，年迈时我陪你看日落的美好，直到我们两鬓苍苍，依旧不离不弃，彼此优雅地相依而拥，静默温馨相视，就是你我相遇一场最好的馈赠。有你，我的世界才完美。

我不需要太多的承诺，不需要太多的言语，只愿我们一起经历风风雨雨的时候，彼此还能笑看落日黄昏，一起去感悟“夕阳无限好，只是近黄昏”的真谛。（佚名）

# 我 愿 用 尽 心 力 把 你 珍 藏

有了这样一个与自己惺惺相惜的人，
等于多了一个心理医生，多了一本心灵日记，
你们无论什么时候总能静静地倾听彼此的心声。

人海茫茫，岁月悠悠，却唯独他走进了你的生命里，陪着你度过了生命中最美好的时光，或是短暂，或是长久。

遇见，便是美好。一程山水，一段情缘，人生本是一场聚散不定的棋局，无须强求相知相守，亦不必奢望天长地久。懂得了珍惜遇见的瞬间，也就明白了永恒的真谛。

今生，若能与一个人相遇在这红尘，便是上帝赠予你的最美好的礼物。即便只是轻轻地擦肩，尽管只是微微地一笑，你都愿用尽心力把他深深珍藏。

如果他也能走进你的内心，去解读你的失意，明白你的

困惑，更懂得你的渴望。在烦恼时，诉说心曲；在开心时，分享乐趣；在悲伤时，给你慰藉；在失意时，鼓励你振作。

那一刻相知的点滴，幸福的甜蜜，洋溢在心头，彼此就会在心中感慨：有一份相知的情分真好。并不需要太多的言语，只需要一份默契和关怀。

你们可以不去考虑是否年少年长，他的睿智和儒雅，他的学识和稳重；你的温柔善良，你的善解人意。你们璀璨耀眼的光芒，照亮着各自单调的生活。

有了这样一个与自己惺惺相惜的人，等于多了一个心理医生，多了一本心灵日记，你们无论什么时候总能静静地倾听彼此的心声。

人生的旅途中有很多的风景需要欣赏，有一个人陪着你慢慢行走，会在心中升起久违的温暖。

自然界的寒冷虽然能模糊你们的意识，却无法阻止你们思想上的升温。由于心灵感知的可贵，从此你的心里就有了希冀，有了份温柔与甜蜜。

你可以毫无遮掩地表现喜怒哀乐。他不仅是心灵的向导，也是温暖的避风港，有了心灵上的温润，可以感化彼此曾经的陌生，可以在思想的海洋里纵横驰骋。痛苦时多一个人分担，就会减少一份痛苦；快乐时多一个人分享，就会更多一份快乐。

虽然这一生不会在物质上富有，但却可以让心灵富足，那就是你们之间最真挚的情感。你们可以自由地呼吸，一颗忧伤和躁动不安的心，将归于安宁。

感谢上苍给了你这样一个人，一个让你在这个世界上不再孤单、不再寂寞的人。

正是因为他对你丝丝入扣的牵挂，正是因为他可以分享你的快乐，聆听你的心声，你的心中涌上了阳光般的温暖和会心的笑容，你会发现自己的心境是舒畅的，更加地热爱自己的生活。

也因为有了这样的一个他，给你苍白的人生添加一道亮丽的彩虹。拥有这样一个人，这样一份感情，纯净又热烈，真挚而又绵长，让你独享一生的眷恋与牵绊，拥有一世的思念与回忆。

你想他念他，你在心底深处为这个人留了空间，静静地固守着那份说不清的情感，就想在彼此的感知中，或是心领神会中，慢慢相伴前行。

人生旅途，能有一个人关心、帮助你是快乐的，能有一个人喜欢、欣赏你是幸运的，能有一个人牵挂、爱恋你是幸福的。珍惜生命中与你有缘的人。

彼此的交往不在于距离的遥远，彼此的感受不在于物质的给予，只要用情呵护、用心经营，有真情相伴的人生才是一种幸福。

人生就是这样，牵挂着、烦恼着、自由着、限制着；走出一段路程，回头一望，却也生动着、美丽着；有着你爱的人和爱你的人，有着你喜欢的事和需要你做的事，有着牵挂你的人和你牵挂着的人。

人这一辈子是短暂的，所以要让自己健康着、开心着、幸福着，偶尔要醉着。（佚名）

# 和你等一场十指紧扣的约定

真正的感情，是两个人在一起时要有一种感觉，
不是一见钟情、一见惊艳的触电感，
更不是紧张拘谨的束缚压抑感，而是一种亲切感。

如果，你爱上了我，请不要告诉我，请相信我是知道的，只是不愿打破那一份朦胧，才不惊不喜，笃定从容，我喜欢的是那种心照不宣。

彼此都有意而不说出来是爱情的最高境界，因为这个时候两人都在尽情享受媚眼，尽情享受目光相对时的火热，尽情享受手指相碰时的惊心动魄。一旦说出来，味道就会淡了很多。

曾经幻想，有一场只属于我们两个人的旅行，抛开红尘中的所有，只有你和我。

爱情可以很重，也可以很轻，谁都可以拥有，但要将爱情过得幸福完满，却是不易。爱的样子，千人千模，适合我们的才是最动人的。

什么是相守相爱？相守是在彼此站在高楼之上，即使寒冷，却能彼此相依相偎，不分离。相爱，是人身体中一种无名的感官，只能感受对彼此的爱，彼此那相爱的心意。

爱是一把钥匙恰好与一把锁完好无缺的吻合。

当我爱上你，就会有兴趣去了解你，愿意把全身心都花费在你身上，就算你让我生气，以至于自己狠下心决定要忘了你，从此不理你，可当你轻柔地说一句话，就让我忘了所有的抱怨，只想好好地去爱。

这世界上从没有一成不变的感情，热烈的爱情也许会归于平静，平静的爱情有一天也许也会热烈灿烂。想要热烈的爱情，也许到最后适合我们的只是细水长流；想要悠长恬淡的爱情，可也许最让我们刻骨铭心的是那一瞬间的冲动。

这世上没有完美的爱人，只有时间能让彼此逐渐变得完美，我们会不停地磨合，然后学会包容对方。当有一天我遇到一个看起来完美的人，也许我们并不适合彼此。而当有一天我遇到一个完全意料之外的人的时候，也许这个你才是我的真命天子。

所以，感情没有所谓的般配不般配，只有适合不适合。不是每个人都能遇到自己想要的那个人，但是每个人都会遇到一个适合自己的人。

遇到那个人之后，一切复杂的条件都不再适用，一切喧闹的表面归于沉静，变得简单，变得无法用条件来限定。我无须处心积虑，无须机关算尽来抓紧，因为我知道，你不会离开我的身边。

所有的标准都是为了不爱的人准备的，在遇到心动的人之后，标准就不再是标准了。

比如我不知道为什么有的人能让我魂牵梦绕很多年，那些感情就是没有原因：我爱你，没有为什么。

真正的感情，是两个人在一起时要有一种感觉，不是一见钟情、一见惊艳的触电感，更不是紧张拘谨的束缚压抑感，而是一种亲切感。

你可以不英俊，我可以不漂亮，但是彼此看着顺眼，彼此感到亲切，就像认识了很久一样，在对方面前能彻底地放松，愿意敞开心扉，愿意暴露自己的脆弱，愿意暴露自己的缺点而不必担心对方轻视和嘲笑。

真正的感情，就是这样一种亲切感和放松的心情，是一种亲人般的感情。

我们不用把爱情搞得像电影一样气势磅礴，也不需要像电视剧一样一波三折，只是遇见那么一个人，然后好好地在一起，过小日子。

不需要秀恩爱与甜蜜，也不需要用什么去证明。不管其他任何的什么原因，我只是想爱你，如此简单。

你约我，我定会如期出现，我愿意和你一起去等一个晴天，等一场十指紧扣的约定。那一天，我们该是最幸福的人，连阳光都不愿缺席。（佚名）

## 第三章

# 别让时光偷走，你眼皮底下看不见的珍贵

任何小细节都能变成大伤害，
只要两个人都存了一颗互相不耐烦的心；
任何小细节也都能体现大恩爱，
因为唯有被感情浸透了整个生活，
才可能会有每一刻的心平气和。
爱情的哲学有时候就是这么简单，
就在生活的点滴里。
如果你始终不能适应一个人，
适应他的所有习惯，那只说明你不爱他，
或者说你还未到爱的境界，
因为爱就在生活的细节里。

## 简单的爱情经得起流年

真正的幸福，不是浪漫的鲜花和烛光晚宴，
也不是甜言蜜语海誓山盟，是发自内心的关心和体贴，
是生活中点点滴滴、实实在在的体贴和关心。

想要一份简单的爱情，日出而作，日落而息，一同享受每天清晨的阳光，微风，雨露，黄昏。

真正美丽的风景，是不需要停留在回忆里的。当你觉得幸福的时候，不管你看到什么样的风景，都是美丽的，就算孤独了也不会寂寞。

有时候幸福来得太快会让人措手不及，有时候幸福来得太慢会让人孤独彷徨。如果幸福还握在手中，应呵护珍藏。

当你每天早晨睁开眼睛的时候，脑子里划过第一个人的画面，你的微笑会随之而来地挂在脸上，那是幸福。

当你每次闲下来的时候，你翻出手机不知道要做什么，却总是不自觉地会拨通你思念的那个人的号码，那是幸福。

当你每次购物的时候，你看到你心仪的商品后，不是马上就把它买下，而是犹豫再三去买了他需要的，那是幸福。

当你每天见他的时候，心中那种急切的心情，那种见到他时露出欣慰的笑容，眼里只有他的那种坚定，那是幸福。

生命中，有一个人可以去惦念，是缘分；有一个人可以惦念自己，是幸福。这样的情感，清澈如水，最适合在阳光明媚的清晨，带着舒爽的欢欣想起。

幸福就在你每次吃饭的时候，看着他那傻傻的样子，即使只是吃路边摊，却依然有滋有味，那是幸福。

当一起手牵手的时候，十指紧扣，彼此相视时的那种真情流露，从此不愿再把手放开的那种信念，那是幸福。

当他惹你生气的时候，心里的百感交集，当你对他气消露出笑容，在他怀里乱打一通的那一刻，那是幸福。

当你受到委屈的时候，打电话和他诉说衷肠，看到他出现在你的面前会立刻紧紧地抱住他哭诉的时候，那是幸福。

真正的幸福，不是浪漫的鲜花和烛光晚宴，也不是甜言蜜语海誓山盟，是发自内心的关心和体贴，是生活中点点滴滴、实实在在的体贴和关心。只要是真正的关心和体贴，另一颗心一定能感受到。

幸福就在你遇到困难的时候，他会坚定地支持你，虽然可能帮不了你什么却一副大义凛然，那是幸福。

当幸福来临的时候，你们一定要紧紧地抓住，不要松手，你们一定要好好对待，好好把握。幸福就在你身边，珍惜身边的幸福，珍惜身边的人。

享受生命中的小事情，因为有一天你回首往事，也许会发现它们其实是很重要的事情。只有珍惜幸福快乐的感觉，珍惜与自己快乐相处的人，才能远离痛苦与烦恼，才能拥有快乐的人生。

能爱的时候好好爱，不爱的时候好好过。从从容容，简简单单，实实在在，安安静静，亦是美好的人生。（佚名）

# 在细水长流里守望爱

我想要的爱情无须死去活来，温馨就好。
简简单单的幸福，简简单单地相爱，
一起感受这世界上最美好的时光，欣赏最美的日落，就是人之大幸。

每一个爱我的人，都是我最宝贵的财富，不论美丑、贫富。漂亮可以修饰出来，钱财可以赚得来，一个真心爱我的人，则不是人力物力能换得来的。

我不会轻视他人的感情，因为这是世上最珍贵的东西。

人生，因为爱而美丽。相遇时彼此善待，不嗔怪，不怨尤。

爱情对于人生，就是一份潜移默化的修行。我不敢将其随便开启，怕它的芳香一下子都跑掉，怕它的温度一下子都消失，怕那个背影忽然被现实的风儿吹远。

爱情让人充满了渴望，又充满了矛盾，既热烈，又忧伤，既疯狂，又踌躇。那心底喷薄而出的岩浆般的热情，只能够借一次次追忆的潮水抚慰平复。

如果说爱的经历丰富了人生，爱的体验则丰富了心灵。一切终将暗淡，唯有被爱的目光镀过金的日子，在岁月的深谷里永远闪着光芒。

爱，不是一种表达，而是一种感受；不是一个结果，而是一个过程；不是一种承诺，而是一种守候，一种懂得，一种彼此的融化。不一定天长地久，也不一定朝朝暮暮，有时就是一份给予与满足的幸福感。

几乎所有的爱情，都会从热烈变得平淡，但这并非爱得不够，真正重要的，是爱上的原因。

有些人，因为新鲜感而爱你，而有些人，是因为看懂了你的灵魂。前者会在热情消退后离开，而后者可以陪你一辈子。所以爱得再热烈，也不如爱得平淡。长长的爱，仅仅需要一场细水长流的守望。

在爱里，我们慢慢学会了感激，这远比抱怨更幸福，一些温柔，即使有一点儿苦涩，终会暖了一生的时光。

是你让我有一种被牵挂着的温暖，被思念着的感动，想想有那么一个人在默默地对自己牵肠挂肚，祈祷祝福，不求回报，无怨无悔，内心也被幸福洋溢着。

爱，是世上最美好的字眼，一切美好都源自爱，爱的时光里最大的幸福，就是我孤单的时候有人陪，我无助的时候有人安慰，我流淌在眼角的热泪有人为我擦拭，我在寒风里瑟瑟发抖的身体有人加衣，有人心疼。

其实，我们每个人都是天地间的过客，一个人的声音和足迹，如果能被另一个人深深地怀念和铭记，这就是永恒。

我想要的爱情无须死去活来，温馨就好。简简单单的幸福，简简单单地相爱，一起感受这世界上最美好的时光，欣赏最美的日落，就是人之大幸。

人生在世，生命何其短，每个人都不可能在一生中完成自己所有想要的事，所以我们只有努力地不让自己遗憾。

爱情也是如此，我们也许很难找到一位白马王子，但只要找到和自己有缘分的那个人，爱情亦完美。

爱，是一条偏僻的小路，总能通达心灵的深处。

每个人，都应有属于自己心灵的地方。每个人，能有一个你爱的和爱你的人，能守候一生无怨无悔的缘分，不求感动，只要懂得，这就是幸福。

无须太多言语，一回首就在彼此视线里；无须太多承诺，一声轻唤就在彼此泪光里；无须更多更深的表白，一个微笑就在彼此生命里。

学会珍惜，珍惜每一位出现在我们生命中的有缘人。人的一生最幸运的事莫过于被爱包围，能爱着同时被爱着就是一种莫大的幸福。

所以，应该把有限的时间和精力，留给最爱你的人；把温情和关怀，交给你最需要的人。用心珍惜那个深爱你的人，更要读懂那颗牵挂你的心。

不管生命长短，日子清浅，与一知心人，携手相牵，过平淡生活，食红尘烟火。一生有爱相随，何求其他？（佚名）

世间最执着的爱恋，是用最纯粹的心去爱一个人，用尽生命的全部力气去承受。一生中如果有一次这样爱过，就算爱如夏花，只开半夏，也无怨无悔。

两个人在一起，天长日久，难免磕磕碰碰。有时候只是一时冲动，有时候只是一言不合。是的，也许我们会吵架，会生气，但一切过后，我还是愿意给你，我最灿烂的笑脸。

我还是相信，星星会说话，石头会开花，穿过夏天的木栅栏和冬天的风雪之后，你终会抵达。

某年某月某日，我看了你一眼，并不深刻。某年某月某日，意外和你相识，无关心动。怎知日子一久，你就三三两两、懒懒幽幽，停在我心上。

爱情就像一株植物，它不仅需要水和肥料，还需要空气。

最远的旅行，是从一个人的心到另一个人的心。

不经意间，有一天你会遇到一个彩虹般绚丽的人，从此以后，其他人不过是匆匆浮云。

爱情的世界里，就像一个人手托指南针的 S 级，一个人手托 N 级，在万千相似面孔里，找到那双，你注视它，就不会再感觉不安孤独的眼睛。

我不追求地久天长、海枯石烂，只要心里有你，我的世界就是世外桃源。左边是你，右边是我，就这样，幸福地走到生命的终点。

爱情不是追来的，也不是找来的。真正的爱情，只能是人生之中一场自然而优雅的等待；是百转千回萍水相逢时，四目相遇怦然心动的声音；是疲惫旅途中，不期然飘落在你手心的一叶脉脉相通的柔情。

你那里有希望的光，我不由自主跟着跑，忘了矜持，忘了骄傲，忘了现实的距离。

爱情，无须追求多么完美的细节，反正我们都不是爱给别人看的。我喜欢率性的人生，哪怕它只是简单到拉着一个人的手，迎着风走。

爱情像毛线，你可以弄得一团糟，也可以织出温暖和美好。

不经意间，有一天你会遇到一个彩虹般绚丽的人，从此以后，其他人不过是匆匆浮云。

最好的爱莫过于，我不会质疑对你死心塌地的自己，也不会担忧你是否爱我，因为我知道你的心在我这儿，而我便是你不可变更的归宿。

当你觉得某人神秘时，会被吸引；当你觉得某人浪漫时，会爱上；然而这都稍瞬即逝。只有当你觉得某人成为习惯时，生活才开始。

# 微小的幸福最容易碰触心灵

那些浪漫情怀，那些刻骨思念，
只不过变成了生活中实实在在的陪伴，
变成了陪伴你一起吃的那碗饭，变成了牵手时十指传达的温度。

遇见你，相逢了一颗美好的心灵，时光，永远无法遮掩住一个人内心潜在的魅力。你的善，你的好，让每一天都成了生命中最美好的一天。

只有面对你时，我才肯袒露内心最真实的柔软，你一句温馨的叮咛就是一份惦念，一句关心的话语可以让岁月不寒。我也终于相信，爱是灵魂最深处，最刻骨铭心的撞击。

跋涉了很久，蓦然发现，其实苦苦寻觅的，只是想听听，有人能柔和地呼唤；寻寻觅觅后，方才明白，其实苦苦等待的，只是那一句：别怕，我在。

因为你只要在，哪怕什么都不做，对于我来说，也是温暖。原来，我用尽一生的力气，就是为了与你相遇。

爱究竟是什么？每个人都有不同的答案。一件不值得一提的小事，能留在心底一辈子，也许就是爱。

爱，就是情愿，情愿为你做很多事，情愿妥协，情愿风雨兼程也要共度一生；爱，就是懂得，懂得你的负累委屈，懂得包容，是年华似水今生与你安暖相陪。

最温暖的爱不是轰轰烈烈，而是点点滴滴小小的温馨触动内心最柔软的角落。

最好的爱，是你没有那么的好，在我的心里，你却最好；最美的情，是我没有那么完美，在你的眼里，却是最美。

最真的爱，是褪尽繁华后的平淡相依，默默地守护，便是一份心安；最真的情，是在困苦时的相牵相扶，安静地陪伴，便是一种踏实。

很多事，我以为我们渐渐地忘了。其实不可能会忘，它们只不过是被目前繁重的现实压到了心底。

那些浪漫情怀，那些刻骨思念，只不过变成了生活中实实在在的陪伴，变成了陪伴你一起吃的那碗饭，变成了牵手时十指传达的温度，变成了劳累时倒头依靠的肩膀，变成了有力且温暖的拥抱。

它也许不再如浪漫情怀那般华丽，也许不像甜言蜜语那般动听，也许不如昂贵礼物般精致，可它却是最动人的。

你我的世界，细枝末节，重重叠叠，翻腾着耀眼的光。细数微小的变化，言语里真实的感情，开始变成彼此喜欢的样子，逐渐发现彼此也可以说一些令人温暖的句子。

此生唯有一个你，是可以在心里，默默想念的人。唯有你，是我情不自禁的牵挂。你我是彼此命定的暖，我们将彼此轻轻地放在心底，再平凡的日子也能温馨地过着。

和相爱着的人在一起，当真是件奇妙的事。两个人在一起，不过是一路走走，说些风轻云淡的话，时间就过去了。

你是我心底最甜、最美的秘密。深刻在心底的名字，总在低首间，浅浅愁，轻轻笑。原谅我把你看得这么重，因为你是我所有的冷暖与悲喜。（佚名）

## 所有的绚丽最终都会归于平静

爱情归于平淡后的生活其实是最朴实无华的，
像炉火，它能给你一生的温暖。它没有耀眼的光芒，没有炙烈的火焰，
但它却让你心静如水，让你舒适，能陪着你熬过无数个漫漫冬夜。

我们都曾以为遇见一个人的第一眼，那种心动的感觉就是地老天荒的爱情。或许我们都曾暗自发誓，只会找一个自己爱的人白头偕老。或许我们也曾对于那些因为感动而与之长相厮守的爱情嗤之以鼻过。

很多人想象中的爱情必须是经典、激情、浪漫，充满诱惑且让人感动，还希望让这份爱情永恒。

这种爱情像火柴燃烧，刹那间放射出绚丽的光芒，能将两颗心融化。甚至有人愿意用尽一生的激情去燃烧，只为了享受这短暂的幸福。

但是，所有划过的火柴都只是美丽的瞬间，所有的心动都只能慢慢沉淀下来，它无法温暖你的一生。所有的绚丽都是短暂的，它最终都会归于平静。

我们总是不遗余力地去追求爱情能够长长久久，总是千方百计地去留住那所谓的幸福瞬间，却不知道天有老的时候，地有荒的时候，地老天荒只是一种美好的愿望而已。

很多人都刻意去追求那种轰轰烈烈、荡气回肠的爱情生活，却完全没有意识到生活本来就应该是平淡的，平淡才是幸福的。

爱情带给我们的是心灵的幸福，只要有一颗能感受幸福的心就能创造幸福。

不奢求过多的一生是幸福的一生，简单真实的一生也是幸福的一生，淡泊宁静的一生同样是幸福的一生。

相爱是一种缘分，人海茫茫中遇见你，在烟波浩瀚的岁月长河中我们能相逢，这本身就是上帝的恩赐。

相爱是一种默契，大千世界，能和最适合自己最体贴最温暖那个人相守是一种默契。

相爱是一种感觉，一种需用两颗心去体验和感受，才能体会出那跌宕起伏的美丽。

相爱也是一种付出，是无怨无悔、心甘情愿地为心爱的人付出一切。

相爱的时候相互吸引，在享受过了爱的甜蜜和浪漫，一切归于平淡，回到现实，我们会被生活中的柴米油盐和一些琐碎的家务事缠绕，这时我们也许会怀疑爱情是否已经结束。

爱情归于平淡后的生活其实是最朴实无华的，像炉火，它能给你一生的温暖。

它没有耀眼的光芒，没有炙烈的火焰，但它却让你心静如水，让你舒适，能陪着你熬过无数个漫漫冬夜。当你从寒冷中回到家里，伸出冰冷的手，让微微的炉火烤着，你的心也会温暖起来。

所谓浪漫的爱情，是在平凡真实的生活中才能体现出来的。

一直在说，爱情不是怜悯，也不是感动。若从另一个角度去想，一个人舍得用尽数年的时光去感动、陪伴一个人，也不失为一种伟大的付出。

一个人在轰轰烈烈地爱过之后，无论是心理还是身体都会渐渐地归于一种平和淡然，只想寻求一种安稳。而你身边恰好就有这样一个人，一直在默默地陪伴你，因感动而相爱，于是你会发现原来被爱也是一件如此幸福的事。

守住属于自己的一份平淡的生活，你就是一个幸福的人了。跟相爱的人一同分享生活的幸福是一种恩赐，也是最快乐的事情。

只要你坚信平淡生活之中也有爱情，那么这份爱情就能让你的生命因此而光彩照人；只要你从这份爱里得到的是快乐而不是忧伤，那么你就得到了一份适合你的爱。

所有的激情最终都会归于一种平淡，愿你能守着这一炉暖融融的火度过平淡却温馨的生活。（十三郎）

# 最美的爱情，<br>是习以为常的关心

那些从来就没人在意的爱情，
却可以如此简单地相爱，开花结果。
其实，一只愿意握紧你的手，一颗把你放进生命里的心，这便够了。

有时候，事情很简单，复杂的是你塞满问号、胡思乱想的脑袋。真正的生活是没有那么多情绪的，不管笑过、哭过、激动过、浪漫过、愤怒过，到最后都是过眼云烟。

爱情的至高境界，是无惊无喜，平淡到底。

一个人爱上你的原因，并不是你有多好，而是你对他有多重要。为什么有些人表现得再优秀，也不如别人撒几句娇管用，就是这个道理。你的优秀，只是你的好；而别人撒娇，却让人觉得自己很重要。

一个人若是珍惜你，那你怎么都是最好的；一个人若是

厌弃你，那你做什么都是错的。所以，不要在不爱你的人身上浪费时间。只有爱你的人，才值得你去爱。

爱情就是当全世界的人都不相信你时，他仍傻傻相信你；当全世界人都背弃你的时候，他仍守候着你；当全世界都充满了敌意的时候，他仍保护着你；当你离群索居时，他打好包裹来找你。爱情是只要和一个人在一起，就会忘记全世界。

所有激情的爱情，最后都会分手，反倒是不动声色的关爱，才能陪你白头到老。所以不要被一时冲动蒙蔽，说得好不如做得好，做得好不如变成习惯的好。

一个好的爱人最大的特点，就是把对你的好，变成了生活的习惯。习以为常的关心，才是最佳的爱情。

上了心的人，才会在心上；动了情的情，才会用深情。心其实很小很小，装一份爱足够；时间其实很少很少，陪一个人就好。

心知道缘分，牵引了两个人；懂得，眷恋了两颗心。人在旅途，肯陪你一程的人很多，能陪你一生的人却很少。

谁在默默地等待，谁又从未走远，谁能为你一直都在。

人不能错过再见，情可以平平淡淡，心不能视而不见。

每种爱情都有周期，从被吸引，再到热恋时难舍难分，然后慢慢淡去。

有些人，就如此分开了。而另一些人，却彼此成为习惯，把对方当成生活的一部分。所以并没有一辈子的爱情，只有曾有过的爱以及一辈子的生活。

幸福就是每天都看到同一个人，你不觉得烦，他也不觉得烦。

爱情是相互的事，你付出的一切有回应才有意义。如果只是单方面去爱，那一切都不会有结果。去爱的前提，是你值得被人爱。要抱定这个念头：你若一心一意，我才生死相依。如若不是，那就一拍两散。

所以，如果真的爱一个人，尽量让自己平静地去理解对方。不冲动，也是一种爱。生活和爱情往往不在一条轨道上，最后能令你愉快的，不是因为爱情，而是因为习惯。

有人在乎就是幸福，有人心疼就是温暖。月有圆缺，生活有起落；花有凋谢，岁月有凄歌。有人与你同喜同悲就是收获。

经得起平淡的感情才是真情，受得了风雨的相守才是真爱。一生中，有人在乎，有人心疼，就是最好的得到；一辈子，有人陪伴，有人可依，就是最美的誓言。

所谓真情，就是可以相互取暖；所谓真心，就是始终不离左右。

那些从来就没人在意的爱情，却可以如此简单地相爱，开花结果。其实，一只愿意握紧你的手，一颗把你放进生命里的心，这便够了。（佚名）

# 愿意陪我一辈子柴米油盐的，才是真正的浪漫满屋

两个人的喜怒哀乐，两个人的磕磕绊绊，
两个人的卿卿我我，两个人的相濡以沫，
都在时间的洪流中，汇聚成点点滴滴，成为幸福的日子。

在这个世界上，没有什么是完美无缺的。我们不可能同时拥有春花和秋月，不可能同时拥有繁花和硕果。

生命其实是一场美丽的挣扎，不论我们怎样努力，所能控制的只是生活的一小部分，要学会接受残缺，然后心平气和。因为这就是人生。

爱情，也是有得有失的。得到忠诚，可能会失去魅力。得到富贵，可能会失去体贴。得到浪漫，可能会失去长久。得到外貌，可能会失去安全感。

所以，别指望能样样俱全，既然你是个普通人，那就去

追求普通的爱情。人一生的幸运不是遇见最好的人，而是能遇见陪我们到老的人。

两个人合适就好，彼此之间不要给太大的压力，不要相信爱情的完美，能够纯朴得可爱就足够了，能够生活得真实就可以了。

爱情总是开始于浪漫激情，但是在一起时间久了却只剩下责任感和亲情。

要找个爱得死去活来的人容易，可愿意陪我一辈子的人却难。所以看爱人别看暂时的优点，而要看他的长期的表现。愿意陪我一辈子柴米油盐的，才是真正的浪漫满屋。

有人说不知道自己到底想过什么样的生活，总是感觉心里空落落的。那就问问自己的心，什么能使它得到满意。

其实两个相爱的人，即使没有甜言蜜语，也可以相互守望，执子之手，永不放弃，一生相随。

心灵的相知，不在乎是否隔着山水，只要心有灵犀，彼此就会永远，沉静在甜蜜的爱情里，也会感觉是天天在谈恋爱，也不会厌倦彼此。

我不需要自己有多么辽阔的胸怀，因为上天赐给了我两份胸襟，一份塞满了我的爱，另一份则装满了你的爱。我会珍藏起你一分一毫的爱，慢慢地温暖我每一个春暖花开和飘零落雪的季节。

任由时光流逝，我也要牵着你的心，走过一生一世，让我们的爱在岁月里，变成最美的事情。只要我的心还在跳动，你就是我心头的牵挂。

我不追求地久天长、海枯石烂，只要心里有你，我的世界就是世外桃源，左边是你，右边是我，就这样，幸福地走到生命的终点。

推开窗，是明媚的阳光，温暖了心房，我会好好地用心去爱、去呵护。因为我知道有阳光照耀的地方，一定有你的爱，守在我的身旁。

真爱经得起时光流逝的考验，所以让时间来做爱的裁判，证明我们爱得坚定和勇敢。

心总是渴望十指相扣的晴暖，让我们把爱握在手心，彼此相互取暖，让爱像玫瑰一样的娇艳，守着旖旎的爱恋，红尘永远不说再见。

两个人的喜怒哀乐，两个人的磕磕绊绊，两个人的卿卿我我，两个人的相濡以沫，都在时间的洪流中，汇聚成点点滴滴，成为幸福的日子。（佚名）

## 感谢你把我计划在你的未来里

很多人陪你经历风霜雨雪，很多关于你的故事和时刻我不能参与，
但我仍然知足，仍然快乐，
因为我有幸成为那个和你相约共同幻想明天的人。

年少的时候，曾对爱情有过很多幻想，渴望能成为爱情童话中的主人公，期待白马王子有一天能穿越千山万水来到身边，牵着我的手走向幸福。

然而年华如水，时光辗转，王子终究没来，我也没有穿上灰姑娘的那双水晶鞋，却在似水流年里将一颗心安放在岁月中，拥有了一份平淡的爱情。

于千万人中，我们一路同行，赏一路花香，听一路鸟鸣。平凡的事物中我们可以品出不平凡的意境，生活依旧琐碎，可我们却已经有了诗一样的心情。

我们不会说美好的情话，只是携手并肩共同描画生活，走在一起的日子甜蜜浪漫，一起在走的日子恬静温馨。

生活仍然平淡着前行，我们只是欣赏了走过时那一路的风景。只因为有彼此的陪伴，如水的时光中，我们享受每一天的岁月静好。无论多么普通的生活，都闪烁着爱情的光芒。

爱的细节，不见得有多么浪漫趣致，却是无声无息的暖流缓缓汇入彼此的生命。有些人，虽然不太会讲那些动听的话，但在吃到美味的巧克力时，会想着留一半给爱人。

爱没有大小，也没有是非对错，只有出现的时间是否合适正确。有些人相爱，时间不合适，爱便如昙花一现，虽然有惊心动魄的美，却终究不会长久。有些人相爱，虽然爱得缓慢迟钝，却朝夕不改初衷。

大多数时候，我是幸福而从容的，因为即使是一粒糖，你也会念及我。

爱不见得非得拿物品堆砌或者拿金钱来对比，虽然没有物质，激情也会被岁月打磨去。但若是你煮一锅热汤给我，其实已经是莫大的满足。

如果把爱比作温度，爱情就是一种彼此都适应并习惯的温度，是相处时放松的温柔，是让人变得柔软和心安的温暖。

任何一种爱情都将归于温和的、寂静的、绵长的情感，不再有剧烈的情愫，有纯粹的爱，有责任心，能抵御诱惑，相濡以沫，白头偕老。

在生命长河的起起伏伏里，如果有这么一个人陪伴，那就是幸运的。

世间最美的爱情，就是当激情退去、容颜衰老时，牵你的还是那双无怨无悔的手。

世间最美的爱情，不是公主与王子的恋爱，而是找一个不离不弃的人，只诉温暖不言殇，倾心相遇，安暖相陪。

爱就是成就一个人。如果我不能陪你一起经历一切困难挫折，不能跟你一起分享你的小心情你的小快乐，就会担心也会失落。让我觉得最为幸福的事，就是和你一起坚持我们平凡普通的爱情。

很多人陪你经历风霜雨雪，很多关于你的故事和时刻我不能参与，但我仍然知足，仍然快乐，因为我有幸成为那个和你相约共同幻想明天的人。（佚名）

# 我们不紧不慢，一起走过每一个四季

无论我遇见你时，是最美的样子，还是最丑的样子，
我始终相信，你若会爱上我，
终是会爱上我，即使我美得那么微不足道。

如果，我们是在街道上遇见，那几秒短暂的擦肩，即使是在喧闹的人群，我也能敏感地嗅出你的特别。我不期待你是朗眉星目、温文尔雅的万人迷，也不期待你手里捧着的是一束多么娇艳欲滴、令人艳羡的玫瑰。

只是像路人甲和乙，云淡风轻地相遇，然后惊喜地发现对方，心有灵犀地回顾。我会笑笑，顺手递给你一个我最喜欢的草莓甜筒。

如果，我们是在天桥上遇见，上帝及时地安排了一场巧妙的雨丝，我感到的不会是阵阵凉意，而是恰到好处的温暖。

当你头顶衣服匆匆向我跑来，我会递给你一把透明的塑料伞，踩着泥泞，即使溅湿了裤脚，也无所谓。因为有你，陪我一起走向遥远的目的地。

不管我们是在街道，还是天桥，哪怕是当我衣着邋遢，披头散发，睡眼惺忪，或者是狼吞虎咽，毫无吃相，或者是无精打采有气无力……无论什么时间，什么地点，我总相信，若是有缘，你我终会相见。

无论我遇见你时，是最美的样子，还是最丑的样子，我始终相信，你若会爱上我，终是会爱上我，即使我美得那么微不足道。

那么，从遇见你的那一刻起，我的时间，便被染上了糖果般亮丽的色彩。

当你疲惫、心力交瘁、无所适从的时候，我会适时端上一杯幽香的菊花茶，让那清淡的香气，祛除你一身的劳碌；你若是觉得单调、乏味，那么我会用好听的嗓音为你读诗，唱歌；你若是觉得坐着烦闷，那么我会挽着你的手，陪你到公园，一起等待黄昏日落，看花容暂息的瞬间。

我会觉得，时光如同镀上一层华丽的金边，漫长而美丽，不会觉得枯燥、无趣。简单的幸福，如此甚好。

当然，我也会对你有所要求，一如我悉心的付出。如果情人节到了，我不会一无所求。对于惊喜的渴望就像对你的爱，永不改变。

如果我生气，请你不要不理不睬、冷漠对待。我会发脾气，小打小闹，就是那么蛮不讲理，不可理喻。请忍耐我，安慰我，试着抚平我不安的心灵，你应当知道，所有对你的撒气，都只是因为太过于在乎。

从粗心的我遇上了细心的你开始，我才明白，原来，这些小缺点再也不会影响彼此的心情了，相反，还会时刻让我感受爱的暖意。爱上一个人或许只需一个瞬间、一个眼神、一句话语、一个行为，心瞬间就温暖了。

或许，一个随时能让我的内心温暖的人，才是值得爱的人。

如果我们的爱情有点儿平淡，那么让我们都学着保鲜，并珍惜平凡中不可细数的美好，期待每一个奇迹的存在。

若是路遇坎坷、艰难险阻，那么，让我们鼓起勇气共同面对，左右相伴，不离不弃。

当爱情变淡，亲情愈浓，那就是我们共同交付、相知相守、共度一生的开始。我期待与你的遇见，是像童话一般的巧合。

让我们试着慢慢来。时光能赋予我们的决然超乎想象。从一个不知所谓的人，变成某个人人生里的天降神兵；把一个青涩害羞的人，变成可以真正令人仰赖的大神。

其实我们需要的不是够好够对够靠谱的那个人，而是最后的最后，你我变成了对方都需要的那一个人。我给你时间，你也给我时间，让我们谈一场不赶时间的恋爱。（佚名）

# 让我们谈一场低碳的爱

最让人感动的，往往不是那些山盟海誓的语言和惊天动地的举动，
而是在那些平凡的日子里一个个不经意的瞬间。

爱情之花在心中悄悄绽放，不为人知。在温柔的夜，静静等待，等待那个让我一生都灿烂的人。

有些人只是遇见，匆匆的行程里目光的一次对视，无须言语，忽略情节。有些人会在心上驻留，带给彼此温暖，那是最美的一种际遇，留待余生去不断重复地想起。

你是我今生最美的风景，生命里最深的眷恋。在我的心中，深藏着一个美好愿望，那就是在这个世界上，没有人比我更懂你。

你是我今生最美的相遇，没有什么能代替，我对你的如

初情怀。无论未来发生什么，我都会紧牵你的手，一直走到生命的尽头。

爱与不爱，其实没有任何理由，爱情一旦依附太多的理由，就会成为一种负担，一种痛苦。

世界没有那么好，也并不是那么糟，我们能做的，只不过是在环境允许的情况下，善意地对所有人。在环境不允许的情况下，保护好自己真正在意的人。

每个人刚开始恋爱的时候，都倾其所有投入进去。有些人爱得异常火热，有些人爱得小心翼翼，有些人爱得惊天动地，有些人则爱得平平淡淡。

如若昌盛过后，结局冷淡甚至陌路，那么刚开始时便不要造势得那么热烈。爱情于我而言，细水长流的平淡才是最好的。

真正的感情，是彼此的关心和体贴，是彼此心疼爱惜的感觉，是你对我好，我对你更好的感恩的心情。

你累的时候我会给你揉揉肩膀，我心情不好的时候你能耐心听我唠叨。两个人一起做饭，一起散步，天冷的时候互相提醒着多加衣服，一个人咳嗽感冒了，另一个人能马上端上水和药。

其实大多时候，相爱的人之间并没有太多要求，我需要的只是你可以对我诚实，可以多一些时间陪我，可以在我难过的时候听听我的抱怨，只此而已。你所需要做的往往只是那么一小点儿。

爱不是最初的甜蜜，而是繁华退却依然不离不弃的陪伴。爱上一个人容易，等平淡后，还坚守那份诺言，就很不容易。

于是，逐渐开始渴望一份平常的爱情。觉得拥有一个知我、懂我、爱我的人，享受着日出而作、日落而息的平凡才是幸福，享受着相拥相守的平淡才是最真。

一见钟情的爱情纵然轰轰烈烈，却怎么也抵不过那无情时光的侵蚀，平淡中产生的爱情就像涓涓细流，永不枯竭。

真正的爱情是要经过相遇、相识、相知、相爱的过程，然后相拥相守，才能携手一生。

真正的浪漫从来都不是那闪光的钻戒和铮铮的誓言，而是两个人互相之间细致入微的疼爱和体贴，是爱的细节。

最让人感动的，往往不是那些山盟海誓的语言和惊天动地的举动，而是在那些平凡的日子里一个个不经意的瞬间。

人生苦短，岁月如歌，无论世界如何改变，可我知道我对你的爱却是永远。

就算当你老了，没有年轻的模样，我还是那么爱你，只因这辈子你是我的最爱，是我最真挚的爱。所以，给我时间，见证我全程爱你。

如果可以，让我们谈一场低碳的爱，没有硝烟与战争，没有豪华与奢侈，没有铺张与浪费，以心换心，以情换情。

不要轰轰烈烈，不要海枯石烂，只要有生的日子有你贴心的陪伴，一起手牵手看夕阳西下细水长流，数着那最浪漫的事，慢慢变老。（佚名）

# 拉着你的手，就像左手拉右手

这世间，没有什么爱情传奇，太阳底下每份爱情都大同小异，
无非换了主角，换了背景，换了年代。
等爱情来了之后，日子还是要过的，细水长流才是主轴。

人们常常把爱情和艺术放在一起谈，是因为爱情可能是我们这一辈子最接近艺术状态的时候：痴狂、无理性，像诗人一样有无穷无尽的激情与创造力。

可多少人把这激情与创造力献祭给了偶像剧，像位蹩脚的编剧誊抄着一个被人抄烂的剧本，如此辜负爱情的降临。

不好的爱情让人变成疯子，好的爱情让人变成傻子，最好的爱情让人变成孩子。感情有时是件降低智商的事，却让多少人傻傻地乐此不疲。别以为这是坏事，越简单的才越长久。

在做一些平平淡淡的事情时不妨带一点儿温柔，带一点儿爱。所谓的真爱，不过是问爱的人一句你饿不饿，在对方肚子饿的时候给他煮一碗面条。很简单，一点儿也不浪漫，却也很难，很浪漫。

我们的内心要保持怎样的柔软才能一如既往地爱惜对方？要心甘情愿地为对方煮多少碗面条，才能换来一个地老天荒？要努力坚持这最平淡的温柔多久，才能超越琐碎的生活？

错在我们这些貌似很懂爱情的人，看似更有资本获得爱情的人，拥有的太多，却要得更多。

两个人最初在一起的时候，对方为自己做很小的事情，我们也会感动。后来，他要做很多的事情我们才会感动。再后来，他要付出越来越多，我们才肯感动一下。

这世间，没有什么爱情传奇，太阳底下每份爱情都大同小异，无非换了主角，换了背景，换了年代。等爱情来了之后，日子还是要过的，细水长流才是主轴。爱情给予我们再多的荡气回肠，都是为了往后更美的平凡。

爱应是一种面对，一种相互的包容与体谅，一种彼此的疼惜与担当，是朝朝暮暮的陪伴，是离别时的不舍与牵挂，是相聚时的欢愉与甜蜜，是生命中不可或缺的一种存在。

所以，日子久了，爱的味道似乎淡了，如同酒变成了茶一样，而情的分量却随之重了。像是水分蒸发了，浓缩的都是精华。又像是大浪淘沙，留下来的才是沉甸甸的金子。

爱情变成了亲情。有人形象地将其比喻为，拉着对方的手，就像左手拉右手。

虽然没有感觉，但是如果切掉了任何一只，都会变得残缺，爱也就不再完整了。

幸福就是只要牵对了手，就算失去了方向感，也仍然不会害怕。不一定要爱上一个漂亮的人，但要爱上一个使我们的生活变漂亮的人。

真正的爱情源于彼此发自内心的倾慕，建立在两情相悦的基础上。任何只顾疯狂地去爱别人而不顾自己是否被爱，或者只顾索取而不知真心付出的人，都不会有好结局。

生命中最重要的人，或许是当他在身边的时候，能感觉到的也只是淡淡的温暖而已，并不比一杯热茶更明显。

也许我们应该将远志封存起来，用闲逸的山水蓄养，于杯盏中自在把玩。看一场烟雨，从开始下到结束；看一只蝴蝶，从蚕蛹到破茧；看一树的蓓蕾，从绽放到落英缤纷。不为诗意，不为风雅，不为禅定，只为将日子，过成一杯白开水的平淡，一碗清粥的简单。

我祈望的感情，是顺其自然走到一起的，没有谁爱得多、谁爱得少，没有曲曲折折，只是简简单单，我们互相理解，互相扶持，互相鼓励，一起买菜、做饭、散步……一直走下去。（佚名）

# 第四章

# 找一种坚持去继续，两个人的天荒地老

也许爱情就是因为一些忧伤和一点儿戏剧性的结局，
才显得如此的朦胧而珍贵。
人生有时候总是很讽刺，
我心目中的幸福，并不是转瞬即逝的美好，
而是一种平平常常的持久的状态。
它本身没有任何令人激动的地方，
但它持续的时间愈长，就愈令人陶醉。

# 我愿意执迷不悟，等你永远

过往的生命中，那些所有我与天空的孤独对白里，
都有烂漫无悔的生命华彩，而你给的点点暖意，
或许早已足够温暖我孤单寂寞的一生。

世间的感情，有暖也有冷。爱本身就是一件愉悦的事，又何必去斤斤计较，谁付出得多谁付出得少。

不是所有的相遇都会被吸引，也不是所有的相遇都会回眸情深。有缘的时光，所有的花开花落，都在装点我们的生命。今生有你同行，我何须计较谁路过了我的倾城时光？

无论要经历多少波折和磨难，无论在你心里，你把我以何种角色转换，最终有爱作为补偿，对于我来说，所有的等待都值得。

总会有我们天涯相逢的那一刻。那一刻，我要把你深深

地刻进我的眼眸里，在记忆里再也不让你老去，再也不让你离开。

爱是不求回报的，相爱不必成为彼此的负累。人生不必活得太认真，感情不必看得太透明，那样的爱，既难为了别人，又困扰了自己。

过往的生命中，那些所有我与天空的孤独对白里，都有烂漫无悔的生命华彩，而你给的点点暖意，或许早已足够温暖我孤单寂寞的一生。

梦总是很虚幻，幸福就在身边，再浪漫的誓言，不如及时的默默陪伴。我愿把有限的时间和精力留给最爱我的人，把温情和关怀交给我最需要的人。

真爱不容易，因为不是每一个人，都能那么幸运，不是每一种等待，都能收获一份真爱。爱是等待，爱是忍耐，真正的爱无须表白，只能用心去感受。

用心珍惜才会得到真爱，喜欢我的人，不需要我改变，不喜欢我的人，我无论怎样改变，都无济于事。最感人的不是美丽的誓言，而是一颗爱我的心，永远都不变。最感动的不是一时的惊艳，而是一直守候在身边的温馨与浪漫。

有你眷恋我，我不需要有倾国倾城之貌，我只需要一颗真心，来唯美你我生命的旅程。我相信唯有你我的相遇，是对了缘，对了心。

花开的缘分，是一场生命的修行。命中注定，这个世界总有那么一个人，值得我跋山涉水去追寻。

世上我遇到的人很多，只有你深深懂得那一抹流云，懂得我云水漂泊的步履蹒跚，懂得我背影里倾吐的孤单与相思，懂得我牵念地追寻。

如果你心里那个人是我，我想这就够了，能融化我千山万水寻觅的辛苦，我是多么的幸福，多么的幸运。

遇到你，有了你，静静地与你一起听着花开花落的声音，多美，多好。

遇到你，有了你，如今云卷云舒的日子，都是我有你的日子，懂你的日子。

或许，一个“懂”字，值得了所有的等待，我愿意为你极致绽放，婉约成一朵花的模样，从此不让你再把我错过。我愿意执迷不悟，等你永远，只为你倾城。（佚名）

# 感情从来没有输赢

很多时候我们去爱一个人，不应该只爱他的优点，
更应该喜欢上他的缺点，因为爱本身就是一个包容缺点的过程。

一直相信，时光会带给我们更好的，成熟、优雅，或是梦寐的爱情。

爱一个人有很多不同的方法，有的是用嘴巴说出来，一次次地重复说“我爱你”；有的是用态度来爱，撒娇、发脾气、折腾；还有一种是怎么都不愿说“我爱你”，但是关心你、照顾你、保护你。

爱的方法有千万种，但最好的方法只有一种，那就是对你好，并且只对你好。

人活一辈子，最大的幸福莫过于被人爱和懂得爱，但爱

情从来没有十全十美。于是，多少情侣因性格不合而分道扬镳，多少激情之爱在燃烧中化为灰烬，多少人为了所谓的称心如意，完美的结合，而付出了一生的努力。

一时的感动，代替不了一生的完美和谐；一刻的激情，改变不了一个人的个性；最贴切的关怀，也代替不了一辈子的宽容。

这个世界上所有的爱都是没有错的，可是爱的方式却有着错与对之分。若你爱他，就用他想要的方式对待他；若你爱他，就让他走，给他想要的自由。

很多时候我们去爱一个人，不应该只爱他的优点，更应该喜欢上他的缺点，因为爱本身就是一个包容缺点的过程。

最美的爱情不过是，你爱他，知道他懂你；他爱你，他知道你在包容他。

如果有一天，你跟你爱的人发生争执，你就让他赢，这时他又赢到什么？得到什么？所谓的输，你又输掉了什么？失去什么？

其实，很多时候，争执没有留下任何输赢，却失去了很多本应珍惜的感情，我们大部分的生命都浪费在文字语言的捉摸上和感情不和的纠葛中。

爱的感觉，总是在一开始觉得很甜蜜，总觉得多一个人陪、多一个人帮你分担，你终于不再孤单了，至少有一个人想着你、恋着你，不论做什么事情，只要能一起，就是好的。

但是慢慢地，随着彼此的认识加深，你开始发现了对方的缺点，于是问题一个接着一个发生，你开始烦、累，甚至想要逃避。

有人说爱情就像在捡石头，总想捡到一个适合自己的，但是你又如何知道什么时候能够捡到呢?

没有人可以将你救出情感的泥沼，除了你自己，人生其实就是一个体验的过程，其中包括痛苦和伤害。

所以不要太在乎每一件事最后的结果是否完美，重要的是这个体验的过程，你是否真正地用心付出，你是否充满感激地爱过。

世界上有一种爱，不能用语言去表白，只能用心去体会，它没有花前月下的意境，没有白头偕老的约定，更没有海誓山盟的诺言，但它能爱着你的爱，痛着你的痛，快乐着你的快乐，幸福着你的幸福。难道世界上还有比这更纯洁，高尚的爱吗？

虽然看不见、摸不着，但这种爱时刻围绕在你的周围，拥有这样的爱，难道还不够吗？

虽然不能给彼此更多的爱，但能时时刻刻体会到对方的存在，虽然不能彼此承诺什么，但都已经把对方看做自己的知己，难道这种情感不值得珍惜吗？

如果可以，不妨让自己一直单纯而执着地爱着，不要因为伤害而害怕去爱，也不要因为伤害而拒绝去爱，试着让自己坚强，用一颗宽容的心去看待一段感情和你爱的人。

要相信，即使你曾经拥有的是天空和漫天的星辰，即使你曾经拥有的是世界以及它无量的财富，你仍然可以有更多的要求。

可因为有了他，即便在这个世界上你只拥有一块立锥之地，你也能感觉满足。（佚名）

# 爱你从不怕异地，因为心靠在一起

我们之间的距离，大概是：
你想要一个真实拥抱，我却只能发给你一个表情；
你想要我陪在你身边，我却只能拿着手机说想你。

我们之间的距离，大概是：你想要一个真实拥抱，我却只能发给你一个表情；你想要我陪在你身边，我却只能拿着手机说想你。

这就是异地恋，忧愁喜乐无从分享，欢笑落泪无法拥抱。不能一起逛街，不能随时和你说说话，不能亲吻，不能撒娇。

可是我们却依然任性地相爱了。放弃的理由也许有很多，但是一句“我爱你”就是唯一坚持的理由。

我们那么远，却又那么近，因为你就在我心里，无可替代。可是如果可以，谁不想每天待在一起？异地恋是那么苦，但是只因为那个人是你，那么这份坚定的爱便撑起了我所有的信念。

我不怕远距离的恋爱，只怕我不在你身边你照顾不好自己；我担心你孤单，于是搜集好多笑话只想逗你开心；我担心你不安，独自去了我们曾经约会的地方却说我哪儿都没去。

我也同样害怕你身边有另一个对你更好的人，远距离无法给我满满的安全感，有时候难免心酸委屈。

于是手机从不敢离身，我们为了彼此都在默默忍受着一切，又为对方发的某一句暖心话而瞬间觉得幸福万分。

我可以每天不忘跟你说一句早安和晚安；我可以拍下喜欢的一朵花，给你看看阳光下的它是多么娇美；我可以买好了礼物寄给你，让你收到我满满的思念；我可以发短信告诉你，这个城市正在下雨变冷，你也要穿得暖暖的……

可是有时候，我就是想静静地看着你。在吃饭的时候，你就坐在我身边笑我狼吞虎咽；散步的时候，刚好可以牵着你的手一起慢慢走；看到美景的时候，你就在这里与我一同分享；难过的时候，你的肩膀可以让我依靠……

我想要的，不过是你在我身边那种淡淡的、美好的幸福。

可是，我们连拥抱都觉得奢侈。你说看到天空飘着一朵白色的云便会想起我；在房间里看电视的时候会想起我；快乐喜悦的时候会想起我；难过委屈累了倦了会想起我。

一个人默默研究着星座运程，和哪个星座更般配，和哪个星座可以走到最后。我的星座这周爱情运佳，你的星座会有些小坎坷。一遍遍地翻看我们的聊天记录，幻想下一次相聚的画面。

爱是决定在一起，便一生不分开。虽然我们隔着万水千山，但是我们的心靠在一起，因为爱你从来不怕异地。

亲爱的，爱让我们战胜了时间和距离，一旦在一起，便是一辈子的陪伴。愿执子之手走过余下生命的每个春夏秋冬，愿陪你看一生风景里的细水长流。

是要多幸运才能拥有一个陪同自己为爱坚守的爱人，是要多努力才可以找到一颗愿意为了爱饱受煎熬的心。

我们定下不辜负彼此的约定和承诺，爱有天意，冥冥中将我和你紧紧地联系在一起。

最美的，是无论过程如何心酸，终点爱的那个人依旧是你。让那些聊天记录也终于可以熬成甜言蜜语；电话里的早安晚安变成了脸颊轻轻的吻；一沓沓厚厚的车票终于变成你我爱情的见证。证明我们就是彼此的唯一，证明我们如此坚定地走在一起。

能在一起就要坚持一辈子，身边那么多人，也不及远方的一个你。只因你是我的唯一，一生不变的爱。

爱了，便深爱。我相信走到最后我们是幸福的，因为长时间分离，让我们倍加珍惜在一起的机会。这是一份最执着真诚的想念，一时的辛苦，终将换来加倍的幸福。（佚名）

# 你不是最好的，但我只爱你

爱情犹如一条小河，在时间的长河中平缓而淡然地流淌，
在和相爱的人一起走过很多的岁月后，
波澜不惊地滋润着你的生命，而不是惊涛大浪过后的索然和失去。

一个人会去爱另外一个没有任何血缘的人，并愿意为他付出，这是一件很奇妙的事情。

两个人携手生活既幸福又忙碌，酸甜苦辣应有尽有，这种滋味只有相爱的人才能体会。

每个人都在追求着至真至纯的爱情，渴望能在生活中遇到一个自己梦想中完美的人，但结果却事与愿违。

爱情中的两个人常常会渴望着把对方打造成一个完美的人，却从来没有想过自己是否趋于完美。想要对方给予自己很多的爱，却不知道如何为对方付出。

我们常常很勉强地接受了随风而至的他，却又一遍遍地把他和自己心目中那个完美的形象来进行对比，对比一次，失望一次。

两个人在一起久了，便了解了对方的大部分。百分之九十九的人在这时会感觉对方不好，甚至都有想离开对方的想法，这时不妨多想想两个人相爱的过程，多想想对方的优点，想想他的好。

我们渴望激情与浪漫能延续到永远，可是爱情犹如一条小河，在时间的长河中平缓而淡然地流淌，在和相爱的人一起走过很多的岁月后，波澜不惊地滋润着你的生命，而不是惊涛大浪过后的索然和失去。

爱不是占有。你喜欢月亮，不可能把月亮摘下来捧在手中，但月亮的光芒仍可照在你的脸庞。

如果你真爱一个人，就要爱他原来的样子，爱他的好，也爱他的不足；爱他的优点，也爱他的缺点，不能因为爱他，就希望他变成自己所希望的样子，倘若变不成就不爱他了。

极为欣赏这一句话：你不是最好的，但我只爱你。仔细回味，这体现出怎样一种乐观豁达而又理智执着的爱情。

什么是爱情？爱情就是当你知道了他并不是你所崇拜的人，而且明白他还存在着种种缺点，却仍然选择他，并不因为他的缺点而抛弃他的全部，否定他的全部。

如果有这样一个人，他在你的心目中是绝对完美的，没有一丝缺陷，你敬畏他却又渴望亲近他，那么这种感觉并不是“爱情”，而是“崇拜”。爱情不需要崇拜，爱情是真真切切能够用手触摸用心体会的。

爱情是你明知他穿得并不时尚，却愿意同他牵手散步；明知他有着缺点，却还坚持要把他带回家给妈妈看；你素有洁癖，却十分勤快地为他洗着油腻腻的碗……

世界上有许多出色的人，然而真正属于你的人只能有一个。不要因为别人的眼光而改变了自己的挚爱，不要活在别人的眼光里而失去了自己。

我们应用心来守候着属于自己的，并不惊天动地的爱情，等待之后便是一生一世的相守。

没有哪个爱人是完美的，也没有哪份感情是毫无瑕疵的。爱情与爱人，只能是真真切切的。

珍惜你身边的人，尽管他有着这样或那样的缺点，但他却是最爱你的人，和他在一起会感到安全和快乐。也许，他并不是最好的，但却是最适合你的那个。

我们相信，爱情不能完美，但爱情可以更美。（佚名）

# 100℃的爱情，我感动

两个人相遇时，最适宜1℃的温暖，
有些微弱，感受得到忽而又不存在，淡到几乎为0℃又有些许温度；
相爱时达到100℃，很浓烈，很刻骨，
爱一个人倘若深入骨髓，我想一定是100℃。

生活，多一些唯美的念想，就如岁月的光芒，温柔地拂过花间恬淡的脸庞，于是有温暖慢慢熏染，静静绵长。这世间，不论哪一种情感，只要不辜负“珍惜”两个字，都将是心灵完美的过场。

一辈子虽然漫长，但过去了也就是弹指一挥。我们会不断地遇见一些人，也会不停地和一些人说再见。从陌生到熟悉，从熟悉再到陌生，从臭味相投到分道扬镳，从相见恨晚到不如不见……

两个人相遇时，最适宜1℃的温暖，有些微弱，感受得到忽而又不存在，淡到几乎为0℃又有些许温度；相爱时达到100℃，很浓烈，很刻骨，爱一个人倘若深入骨髓，我想一定是100℃。

这尘世里，最好的爱情沾满了烟火味的平静。那些太过浪漫的爱走到最后也许会灰飞烟灭，留在掌心里的也可能只是一些回忆，但仍旧有人一次次为爱执着，为爱飞蛾扑火。

童话世界的王子公主的爱情故事让我们对爱情充满幻想。谁都希望这一生遇到最心仪的人，来一场轰轰烈烈的爱情，为生命添彩。可是倘若把握不好，或许不是100℃，而是极致的寒冷。

其实爱情就是两个人在一起，努力解决那些独身时永远不会出现的问题。这样的相守，比起朋友间、亲人间的相守更困难。

坚持这份坚守，需要双方各自做出忍让和牺牲。真正的爱情是很短暂的一种情感碰撞，接下来，是漫漫岁月里一种充满责任感的温情呵护和理性相守。

人生最幸福的事，就是有人陪，有人懂。世界之大，能相逢的人不多；人海茫茫，能相知的心很少。最真的爱是心无旁骛；最深的情是一心一意。路的方向，脚知道；爱的方向，只有心知道。

不要把一个人的用心付出当成是讨好，那是一种心疼；不要把一个人的真心爱怜看成是怜悯，那是舍不得你受伤。爱是甘愿是不悔，爱是心疼是怜惜。

珍惜那些甘愿，把握那些守候，不离不弃的才是真感情，风雨同行的才是真心人。在乎你的人不在乎天长地久，更在乎你想不想拥有，因为不愿意失去有你的世界。

其实在这个世上，能把你放在心上的人并不多。能一直陪你到最后的，才是最长情的告白。无声无息的陪伴，值得用一生去善待，去信赖。

把最好的爱留在心底，让爱情在漫长的岁月里慢慢沉淀，让时间慢慢烘焙出爱情的芳香，曾经相爱的人带着对爱情的记忆，开始平凡的生活，但是他们仍旧能感到爱情发出光和热，这给他们长久相守带来力量和源泉。

倘若要给爱情一个度数，我想一定是100℃，100℃不是激情，是长久不变的温暖，是恒久，是承诺，是一生的坚持。

100℃的爱情，是承诺的不离不弃，是不管命运如何，始终相依相守。

有些爱，太平实，让人感觉不到温度。但是，正是这样的爱一直把我们包容，我们暖在其中，却浑然不知。

100℃，倘若我要这么说，也许你会说，烧死人了，不现实。可是你的坚持与温暖总是那么执着和贴心，无论我多么顽固和不可理喻。

1℃的温暖，刚刚好；100℃的爱情，我感动。（佚名）

# 世上所有的坚持，都是因为爱

两个人在一起久了，彼此的性格会逐渐互补，
爱得多的那个人脾气会变得越来越好，越来越迁就，
被爱的那个人性格则变得越来越霸道，
但仍然能走在一起，是因为其中一方在努力迎合。

爱一个人不是搂搂抱抱，不是卿卿我我，更不是利益的交换，而是能读懂彼此。相爱的人本不是一体，只是因为爱才在一起，然而爱其实并不能解决所有的问题。

我们出生到现在，从未真正学过怎样去爱，都是一点一滴地从现实和经验里摸爬滚打地体会着爱的意义。

再亲密的一份感情，也会出现误会与分歧。生气，解决不了任何问题；嘶吼，疼的是心裂的情；冷战，只会让矛盾无限升级。暖一颗心需要很多年，凉一颗心只要一瞬间。

因为我们的个性都太强了，更爱的其实是自己，所以，总是争执个不停，总是在和对方吵闹之后，发现自己的任性，却又免不了下一次的任性。

在出现分歧的时候，不妨先检讨一下自己，你为了你们做了什么？现在的分歧是不是也有你的原因？不要总觉得他不够爱你，没有以前细心。爱会成熟，爱也会长大，一成不变的爱情不存在。

你的爱人，你要用心地去体会，去明白他的心，去思考他需要的到底是什么。在你思考他需要什么的时候，你已经是在尊重他。

你的爱人，你要用心去保护，不要因为他比你强，就以为你保护不了他，你的爱比任何鼓励都要强大，足以保护你爱的人。

你的爱人，你要用心地去珍惜，他为你做的一点一滴，不仅仅感谢他，要记在心里，常常地去想想他。

他放下面子去忍耐你的坏脾气，去习惯他完全不一样的习惯，去照顾你的时间和规律，都是因为爱你所做的付出。

不要总让他猜你的心思，因为你的心思其实真的很难猜，并不是所有相爱的人之间都有那种互通的第六感。如果他猜不到你的心思也不要生气，其实他猜你的心思用了很长的时间。

你难过的时候不妨先把心事告诉他，也许他也没有什么好办法，但起码他会给你安慰。

有时候他会很直接地告诉你错了，不要生气，他是为了你好，就算不可行也要体谅他的心思。反过来，发现他不开心的时候就要关心他，注意他的眉头，注意他的心情。

给对方机会，是爱的升华情的结晶。彼此包容，彼此原谅，相互接受，用心珍惜，感情才能不离不弃。生活，其实有许多无声的感动。

两个人在一起久了，彼此的性格会逐渐互补，爱得多的那个人脾气会变得越来越好，越来越迁就，被爱的那个人性格则变得越来越霸道，但仍然能走在一起，是因为其中一方在努力迎合。

总有一个人会改变自己放下底线来迎合你、纵容你，不是天生好脾气，只是特别怕失去你，才宁愿把你越宠越坏，困在怀里。

真正的感情，不是承诺，不是协议，更不是条件，而是信任和理解。承诺再多，不能兑现就是谎言；协议再好，不能真心就是伤害；条件再硬，不能相处就是折磨。

爱需要一种笃定不移的信任，还需要一份真心的理解。爱不是指责，不是让另一方按照自己的思维去生活。爱应是包容，是退步，是为彼此改变。（佚名）

# 此生唯有爱不变

想要维系一段持久而坚固的感情，除了电光火石一瞬间的化学效应，
更多的是磨合，是了解彼此要什么。
只有努力去给予对方想要的，才能得到自己所需的。

人的一生就像一趟旅行，每个人都坐在时间的列车上，有了起点，却不知道哪一站是终点。或许是因为人生太短暂，太仓促，上帝便安排了一段段美丽的爱情，一次次幸福的牵手，这个世界也因为爱而更加绚丽多姿。

爱情和梦想都是很奇妙的事情，不用听，不用说，也不用翻译，就能感受和触摸到。从最初的动心到坚定不移地在一起，似乎只是一个瞬间的转变。

有人说，当你看一个人，怎么看都觉得他可爱，不管他做什么事，你都觉得很有趣，哪怕是他很自然地在你旁边，

你也会觉得很幸福，那就表明，你真的很爱他。

和世俗中很多东西一样，爱情里没有不劳而获。

想要维系一段持久而坚固的感情，除了电光火石一瞬间的化学效应，更多的是磨合，是了解彼此要什么。只有努力去给予对方想要的，才能得到自己所需的。

有时候我们会不自觉地走进了爱的误区。把自己认为好的东西强加给对方，其实这不是爱，是一种关心，无论多么美好的出发点，都掩盖不了独断专权的事实。

爱是一种理解，是一种读懂。每个人都是单纯善良的，只是偶尔犯了执拗的脾气，走进了误区，做了错事，才让对方觉得是一个不可原谅的人。

有人说，爱就像个定额的存折，经不起无休止的挥霍，用完了，爱情也完了。

开始的时候，爱得轰轰烈烈，一日三秋，只要你要，只要我有。到了后来，突然开始计算起来，凭什么我付出的比你多，可我得到的却比你少。再到后来，既然你不理我，那我也索性不理你了。

爱就像烧开水，开始的时候平静，突然来得热烈、沸腾，逐渐趋于平淡，又变成了凉白开。凉白开或许不暖胃，但一定最暖心。哪里有天长地久的浪漫，只有海枯石烂的相守。

磕磕绊绊，吵吵闹闹，总会有所停歇，有所让步，或许是我，也或许是你。

我们俩一起托举爱情这颗美好又易碎的玻璃心，如果你放手了，我一定得托得住。反之，若我放了手，你也要托得稳。凭借双方的小心经营，才能走得更远。

我们相互扶持、包容，彼此诚实率真，相互尊重，平淡一生，相守相依，这才是幸福。

爱一个人，要了解也要理解，要道歉也要感谢，要认错也要改错，要体贴也要体谅，不要随便牵手，更不要随便放手。

爱一个人，是要爱他的一切，无论你在哪里，只要彼此坚定地守住那份只属于两个人的信念，最终也会合为一体。既然爱了，就要爱得彻彻底底。

每个人都是一个齿轮，都在寻找另一个齿轮，与其一起转动。我们都希望遇到尺寸刻度适合的对方，有些齿轮的缝隙可以填补，有些齿轮的缝隙可以磨平。

我的生活在等待一个人走进来，想找到一个合适的齿轮。能一起看电影，一起牵手散步，一起逛街，一起抬杠，能经受住我的打击，心疼我，为我做饭，一起洗碗洗衣服。

少年的懵懂，青年的狂热，中年的深沉，到最后，还是比不过一种爱——陪伴一生的爱情。所有的都变了，唯有爱不变。这种爱，就叫白头到老。

两个人的行走，总能化解生命的很多冰冷，有个人陪着，总是幸福的。

我想牵着你的手，在这条名为“一生”的长路上走下去。我想在你前面替你挡住暴风雨。我想在你迷茫和疲惫的时候给你依靠，就在你触手可及的地方。（佚名）

## 情比金坚是
## 经过千辛万苦的结果

二十几年的分散是为了我们能相遇，
陌生的彼此是为了让我们有相知的美好过程，
彼此的美好是为了吸引对方成就相爱这个伟大的工程，
剩余的四分之三的人生路是为了让彼此相守，温暖余下的岁月。

情感对于人类来讲，总是以一种无法忽视的重要性存在。因为它，世界才有了别样的温暖，才有了可以被称为“幸福”的感觉，一切微笑的背后才有了意义。

其中爱情是最与众不同的，它有着无与伦比的美丽，以及足以致命的吸引力，它令人忘乎所以，同时又折磨人心。

爱情不是飘浮在空中的云，更不是来去无影的风，它是实实在在存在的，并且有形有体。它的形在于萦绕在身上的幸福馨香之气，它的体则在于柴米油盐酱醋茶互调的过程中所展现出来的和谐。

爱情的甜蜜，我想每个真心恋爱过的人都是知晓的。但最初的美好与浪漫，并不会一直持续下去。最美好的、最持久的爱，莫过于懂得一个人的灵魂与心。

有时候，我觉得人生若只如初见未必好。人生若只如初见，该如何知晓他的心会如最初那般温度又始终如一；人生若只如初见，又该如何品尝出人世间至真至善至美的情怀。

然而，人生终归是没有只如初见的可能，时光总在故我地前行，周遭的一切皆于它无关。

漫漫岁月里，维系一份情感需要忍耐、包容，还有一颗温柔和恩慈的心，相互理解，相互疼惜。

相爱最是简单容易，一见钟情的激情之火却是最易灭的火种，甚至不需要灭火器和消防员，一句不称心的话便有可能让所有美好的过往烟消云散。

我们都在看着别人的故事，甘愿做一个羡慕者，却从未想过让这样一份纯净的爱在自己的内心稍作停留，或者给自己留一次努力的机会，更不愿相信自己可以成为其中的主角。

真诚的爱是期待遇到一个能真诚以待的人，对爱有着执着而坚定信仰的人，才能与之相配。不需要浮夸与奢华，它需要的只是我们层层面具背后最真实简单的自己，还有一颗耐心等候的心。

我们是平凡人，生活也终会归于平淡。爱情要落实到柴米油盐酱醋茶上，才能有人世间最为淳朴的烟火气息。

用不同的方式，用同一种温度去爱彼此，会收获对方的好，亦会发现对方的不好，但这些无关紧要，人总会有优缺点。

光阴似水的年华里，双方会在不断地磨合中体会更多生活的真谛，感受到彼此更多的好。

美好的东西总是难得的，经历一番折磨与努力得来的，才会懂得珍惜，并且加倍爱护。爱人之间亦是如此，情比金坚必定是经过千辛万苦的结果。

爱人本来就是自己的一半，缺了一半自己便是不完整的。若遇见，请珍惜；若相爱，请深爱；若相守，请到老。

我想说，真爱从来无关风月，也无关时间距离，更无关私心欲望。真爱，是灵魂与灵魂的对话，是灵魂与灵魂的相爱，是灵魂与灵魂的相守，它足以跨越上下古今。

无论在哪个时代，爱的力量都是可以撼动一切的，这也是这个世界仍然存在的意义和价值。

回想过往，我们会蓦然发现，二十几年的分散是为了我们能相遇，陌生的彼此是为了让我们有相知的美好过程，彼此的美好是为了吸引对方成就相爱这个伟大的工程，剩余的四分之三的人生路是为了让彼此相守，温暖余下的岁月。(雪见清心)

## 唯愿你在我的心里，
## 也在我的生活里

这几年我兜兜转转，坐标换了又换，身边的人一拨又一拨。
得到许多，失去许多。唯愿以后的日子里，
我们在时光的洪流中不会走散。
唯愿你在我的心里，也在我的生活里。

相逢是人生美丽的风景，一个微笑，一声问候，把两个素不相识的人联系在一起。这世上有一种感觉叫爱，爱是缘，被爱是分。缘随天意，分却在人为。

缘分是前世临终时的感情延续，是此生轮回前不变的誓言，是你我曾许下的幸福约定。

人活着就会有灵魂，就会有感觉、有交流、有思念。有了灵魂就有了爱，有了思念就有了爱情、牵挂、寄托，也有了相遇、相知、相伴。

每一天我们都在重复着相遇，每一天又在上演着重逢。

就在相遇和重逢里，缩短了人心的距离，减少了猜疑，达成了默契。

每一天我们都重复着同样的故事，故事里的主人可能会变换，但唯一不变的是一份心动，一丝情怀。

不论你是贫穷还是富裕，一只手伸过来，一个微笑递过来，一份情就停留在你我的心上。

宇宙很大，我们很小，我们各自生活在自己的方寸之间，偶尔聚会娱乐，但更多的时候，是孤单一人。直到有一天，我们通过小事认识了对方，我们渐渐熟悉，互诉心事。

当我们彼此欣赏、相互靠近的时候，才发现我们来自世界的不同高度。表面上很接近的人，却有着不一样的视野，不同的价值观，当我们遇到障碍的时候，很难共进退。

高攀很辛苦，屈就很辛苦，当我们放开眼界才发现有的人距离越来越远。我们知道还有更好的选择，但往往很难遇见，即使遇见，我们也会犹豫。

直到世界发生了改变，我们才追悔莫及。有些人很执着，有些人凭感觉，也有些人，愿意颠倒自己的世界去换来同一个世界的感觉。

有意也是无意，就在无意和有意中想起你一份最美的淡泊，一腔最真的情怀，自自然然、真真切切地发生，悄无声息地流逝。这种相逢的味道，有点儿挂牵，有点儿怀念。

我会好好珍惜你，在相互的问候中，在一个微笑里，有意或无意地惦记你。偶尔也想起你，那么熟悉的脸庞，那么亲切的笑容，那么谦逊的风度，那么随意的谈吐。

愿我以后能遇到这样的你，就算看不见爱的结果，你也紧紧抓牢我的手，不会让我无端哭泣，不会让我受尽委屈，善解人意地对待我，包容我。

能让我忘记过去爱过的人，去开心面对以后的每一天。对待别人也许偶尔冷漠，但是对我却一如既往地热情。

拼命寻找梦想，努力实现着理想，只是为了给我一个安心的感觉。做任何事，都支持我，站在我身边，为我撑起保护伞。

在爱里，你是优秀的伴侣，在生活里，你是良师益友。为了我，想变得更好，虽然无法把世界上最好的一切给我，但你的一切，全都给了我。

在人生的旅途中，我们遇见；在大千世界里，我们重逢。相遇和重逢是一首永恒不变的歌，我们快乐着、欣赏着、知足着、珍惜着。这是最真的情怀，也是最美的心动，这是最真的情感，也是最美的淡然。

相遇了，就好好珍惜，前世几百次的回眸换来今生的擦肩而过。这世上，没有哪个人是随便遇到的。好好珍惜每一天，金钱和面子代替不了真正的幸福。想念一个人是一种温馨，被别人想念是一种幸福……

这几年我兜兜转转，坐标换了又换，身边的人一拨又一拨。得到许多，失去许多。唯愿以后的日子里，我们在时光的洪流中不会走散。唯愿你在我的心里，也在我的生活里。(佚名)

# 若爱情沉淀，请轻轻一摇

一份真正的爱，不是觉得累了就放手，不是觉得不合适就分开，
是即使再累也想在一起，即使不合适也想努力适应，
累是因为在乎，不合适是因为爱得不够，真正的爱没有那么多借口。

相信我们永远都不会后悔，选择了彼此作为自己生命中最真诚的爱人；相信我们谁都不会忘记，我们邂逅时的美丽，约会时的浪漫，拥抱时的甜蜜……

可是，生活再精彩，总有归于平淡的一天；爱情再热烈，也有渐渐失去色彩的时候。没有了味道，是爱情开始褪色了吗？不是，是爱情沉淀了。

于是，我们不再有惊奇，不再有激情，不再波澜起伏，不再有涟漪。我们常常会说，你看看，要不是遇上我，有谁会对你这么好，你这么任性谁受得了！内心也开始渐渐地失

望，因为我们对爱情都有太多的期望。

很多美好的事物在我们的视线里流失了，褪色了，而一些小小的悲伤，却慢慢地酝酿着、潜藏着……我们谁都无法眼睁睁看着，曾经美好的爱情渐渐变成彼此的痛苦。

于是，我们开始经常有争执，甚至有时候会吵起来。然后各自转身，那感觉很决绝。

虽然，仓促的脚步也全然无法掩饰各自的心痛…… 两个人也不通电话，好像成了两个最熟悉的陌生人。

一个人静静地走开，走到大街上。坐在马路边上，静静地看着那些来来往往，各色各样的男男女女，看他们恍如走马灯，在眼前晃来晃去。

其实，人生如戏，生旦净末，喜怒哀乐。我们用心演绎着，完全投入。有时候，也会有角色错位的感觉。也许，我终究是我，你依旧如你，但是你会爱我，我也会爱你。

一份真正的爱，不是觉得累了就放手，不是觉得不合适就分开，是即使再累也想在一起，即使不合适也想努力适应，累是因为在乎，不合适是因为爱得不够，真正的爱没有那么多借口。

选择了自己的爱，就要坚持下去。我们愿意把所有有限的时间用来陪伴对方，相互依赖，相互安慰。也许有时只是说说心里的话，听听彼此的声音，或是仅仅一起相依偎地走着，也一样的快乐。

我们总是容易忽略一些生命中很重要的东西，一如当幸福近在咫尺的时候，我们总看不清它。不懂珍惜，不做选择。

只有当它离开了，我们才摸着心痛的地方恍悟：原来，我们曾那样接近过幸福。

于是，爱让两个单纯的人变得曾经沧海。这个世界很美丽，也很复杂，什么样的人和事都可能遇到。我们开始迷失自己，我们有些彷徨失措。

幸好，至少还有彼此，我们还可以相互安慰。寂寞而寒冷的夜里，我们最需要的，不是其他的，是自己心爱之人的温暖和抚慰。

所以，有时想到爱情的定义，更多的是觉得，它是一种安慰，一种来自彼此心灵的牵挂和抚慰。是爱让人坚强，让人温暖，让人不再寂寞，不再茫然。

两个人在一起，天长日久，难免磕磕碰碰。有时候只是一时冲动，有时候只是一言不合。是的，也许我们会吵架，会生气，但一切过后，我还是愿意给你，我最灿烂的笑脸。

如果说爱是水，那么宽容就是杯子。我们纯洁透明的爱，拥有真的很容易，可是想要保护好它却不易。

我们要让爱情之水，永远不变质，不流失，不干涸，更要注意不要让它沉淀。

爱会有沉淀的时候吗？会的。沉淀的爱，上面是颗颗露珠，晶莹剔透，淡而无味。

可是，它会慢慢地让你的爱变质。那么，就把它拿起来，轻轻地摇一摇，摇一摇这沉淀的爱！（子易）

## 第五章

# 多少浅浅淡淡的转身，是旁人看不懂的情深

爱一个人是要有节制的。
不必靠太近，留有各自的生活；
不必离太远，只有一个转身的距离。
适当的距离是我们表达爱的最佳方式。
爱不是枷锁，更不是手段，
人与人之间要用爱来沟通，但别用爱来较真。
距离就提供了这样一个空间，
里面有自己，也有别人，
可以相处轻松，相爱愉快。

# 你依旧美丽，我亦深情凝望

让我们慢慢地走近，不必问彼此从哪里来到哪里去，遇见就好。
如果前路相同，就让我们肩并肩，紧握彼此的手，
你依旧美丽，我亦深情凝望。

有人把爱情比作一只鸟。在生命的长河里，总有那么一瞬，总会在某个地方，你会遇到它。那时候，这只鸟正蜷曲着一条腿，在阳光下轻轻梳理着自己的羽毛，那样子乖巧可爱极了。又或者，这只鸟正展翅滑翔，那样子张扬潇洒极了。

只一眼，你的心灵顿时被它击中。从此，你为它笑，为它哭，为它心动，为它心痛。

两个人在一起，最重要的感觉就是舒服。即使默默不语，也是一种默契；纵然两两相望，也是一种惺惺相惜。距离让思念生出美丽，懂得让心灵有了皈依。

四季冷暖，有人叮咛你加衣；生活劳碌，有人嘱咐你休息。精神有了寄托，委屈可以诉说；心灵有了归宿，人生不再漂泊；情感有了慰藉，生命不再寂寞；纵然只有简单的语言，却体贴暖心。

心灵的相伴，是灵魂的相连，是精神的取暖。温暖，是心里的一种感受；感动，是生命的一种柔情。

最好的感情是随意，却又彼此在意；是惬意，却又彼此珍惜。各自独立，而心在一起；各自呼吸，而爱不分离。

爱一个人，不能爱得自私，爱得小气，处处想限制对方的自由。

相爱的两个人，如果因为爱而防范对方，限制对方，把他归为自己的私有财产，束缚他的自由，这份爱情就像没有了翅膀的鸟，总是飞不远的。

相反，如果给予对方适度的自由，就会收获意想不到的甜蜜。爱要以信任为基础，不要以自己的喜好安排对方的生活，要给他适度的自由。掌握好这一点，爱情就会像始终长着丰满羽翼的鸟，会将人带到很远很美的地方去。

两个人都是独立、自我负责的，有自己的清晰的边界，能理解每个人都有自己独特的想法、感受、情绪与幻想，能接受每个人有权利也有责任为自己活、为自己负责。

两个人也能相互依赖，当一个人悲伤、挣扎、脆弱、激愤的时候，另外一个人能够包容、理解，并能成为他栖息的港湾，两个人都能在对方面前做真实的自己。

很多时候，我们需要的只是一份倾诉，一份聆听。心中的苦只要有人懂，便减少几分。

一个拥抱虽简单，却是最暖的依靠；一份聆听虽平常，却是最好的安慰。理解是心的认同；感知是心的相通。真正的感情，就是用一颗心去温暖另一颗心。

其实我们都不需要太多，只求孤单时有人陪，无助时有人帮，落泪时有人知，于心灵就是一种温暖，于生命就是一种感动。

路过风和雨，才知道不弃的是深爱。走过一段路，经历一些事，才能真正看清一些人。时间，会沉淀真挚的情感；风雨，会历练值得珍惜的情缘。感情，总是在人最艰难、最脆弱的时候显而易见。

病痛里有人惦念，就能暖意融融；患难时有人帮扶，便会深深记住。锦上添花人人都会，难的是雪中送炭；短暂热情人人都有，难的是长久相守。陪你走过困苦的人，最有情；与你历经风雨的人，最真诚。

真爱无须语言，行动总能体现；深情无须表白，时间总会彰显。心与心的距离并不远，只要沟通；情与情的守候并不难，只要包容。

让我们慢慢地走近，不必问彼此从哪里来到哪里去，遇见就好。如果前路相同，就让我们肩并肩，紧握彼此的手，你依旧美丽，我亦深情凝望。（佚名）

## 独享快乐时光

爱情中的双方就像两个相交的圆，
交叉的部分是两个人分享的领域，让彼此可以交流一些感兴趣的话题，
未交叉的部分是给个人提供成长的空间，让各自保持个性。

爱的方式应该浓妆淡抹总相宜，爱的最高境界是希望对方幸福与快乐。那种喊得死去活来的爱，根本就称不上爱。

其实，只要心在，人就在，一个人只有问心无愧，才能坦然、自在，才能活得顺心，才能睡得踏实。爱，让我们一切如故。

无论短暂的邂逅，还是长久的纠缠，无论相见恨晚的无奈，还是终成眷属的感情，无论倾注了巨大激情的冲突，还是伴随着偶尔拌嘴的和谐，这一切都是爱情。

爱情就像一株植物，它不仅需要水和肥料，还需要空气。

所以，交往的两个人必须要有一个适合彼此契合程度的理想距离，越过这个距离，就会产生反感。

真正爱一个人，不是把他紧紧地搂在怀里，而是放开他的手，让他去寻找快乐。爱是放在心里，淡淡相处，默默关怀，不改变双方生活现状。

爱一个人，不一定非要让他和自己的想法一样。我们都不应打破原有的生活环境，让对方放弃多年的习惯和一切，成为自己的财产和唯一。

爱人之间应该留有各自的空间。爱是对所爱对象的生命成长的积极关心。哪里缺少这种关心，哪里就没有爱。

但是，关心不是束缚，如果不顾对方的感受而强加于对方，关心过度或者关心错了地方，就变成了控制，反而会令爱人厌烦。

每个人都有自己的小秘密，相爱不是为了消除两人的秘密。很多时候，人保留隐私，只是想给自己留一点儿完全属于自己的东西。

你爱你的爱人，就应该尊重对方的隐私。在给对方空间的同时，也别忘了给自己留一片天空。

两个人在一起，应该使彼此都能生活得快乐，但这并不意味着原来独立的自我消失了。

爱情中的双方就像两个相交的圆，交叉的部分是两个人分享的领域，让彼此可以交流一些感兴趣的话题，未交叉的部分是给个人提供成长的空间，让各自保持个性。只有保留自己的个性空间，才能保持长久的吸引力。

人与人之间是需要有距离的，就像刺猬一样，太近了，就会彼此伤害。给自己一片天空，也让对方拥有一片自由的空间，对彼此都好。

适当的空间和距离可以避免伤害，保持神秘，保持清醒，模糊缺点，可以让爱成长。

爱是两棵树的独立，相互注视和映衬，却各成风景；是两簇花的爱慕，欣赏对方的美丽，无碍自由地呼吸；是两颗星的遥望，千万年的等待，但从未感到分离；是两颗心的聆听，不论何时何地，都能摒弃浮华喧嚣，涤荡燥气浊音，超越贫富生死，永远执手相依。

你们在一起有快乐的时间，但都是独享的，这就是所谓的“个人空间”。虽然那是一小段时间，你们都在自己的世界里，但是不同的是，身边伴着另一个人。这就是爱情，最常态的爱情。（佚名）

# 爱 在 两 条 平 行 线 之 间

恋爱的考验，不是怎么生起火，
而是怎么一直找得到薪柴，维持那火燃着，度过接下来的漫漫长夜。

在黑暗中升起火了，好温暖，好开心，那火光千变万化，令人迷醉。恋爱的开始，也是这样，整个世界的寂寞都退散，为我们的火光空出了位置。

恋爱的考验，不是怎么生起火，而是怎么一直找得到薪柴，维持那火燃着，度过接下来的漫漫长夜。

以前总是想着，走到一起的两个人，除了一见钟情和日久生情以外，许是还有另外一种。

那便是，我们未曾相识，但有前世待续的缘，跨过时间和空间的距离，串连着两颗心。在见面的那一刻，就已经有爱过一世那样久远的痕迹。

选择了爱情，我相信我同样选择了多姿多彩的生活，在想念与牵挂的思绪里，我重复着爱情的缤纷与甜蜜。

为爱，我愿付出一生的光阴，爱一个人，我愿在岁月的流水里辗转与守望。不是我过于坚强，而是因为我相信，在这个尘埃纷飞的世界里，“爱”是一个洁白无瑕的字眼。

我们面对恋人，始终会不由自主地丧失自我，信赖着，依赖着，想着，纵然把这份念想深深地埋着，可是毕竟也会在言语之间无形地流露，而这也许在无形之间增加了对方的困扰，自己却一无所知。

在任何两人的交往中，必有一个适合于彼此契合程度的理想距离，越过这个距离，就会引起排斥和反感。也许，两个人之间的外在距离稍稍大于他们的内在距离，能使他们之间情感上的吸引力达到最佳效果。

两个人倘若形影不离，难免会引起厌恶。保存爱情的最好的方式是，两个人以两条平行线的姿势并排前进，只要心在，爱就在。

两个人走得越近，彼此就越容易受到伤害。只因相互太了解、太依赖，所以一次不公平的处事就可导致摊牌，伤害彼此。其实，爱人之间不是没有误会，重要的是要不怕误会。

没有距离的相处是一种自私的表现，因为只想着自己，而没有顾及别人的感受。就算那是爱，自私的爱又能走多远?

当我们最终在爱里失去了别人，又因此失去了自己，在痛苦里最终失去了善良，又因此失去了世界的时候，就会明白，距离原来是爱的翅膀。用距离来节制爱，才是最恰当的爱护与情谊。

曾经想过，未来真的很漫长，遥遥无期，但是也坚定地相信爱情需要经历一定的磨难，才更加懂得珍惜。心灵是需要在等待中坚守的，有了等待与坚守，爱情才会无坚不摧。

我会珍惜这份来之不易的爱情，深信等到花开云散的那一天，我们一定是世界上笑得最灿烂、最幸福的人。（佚名）

# 你我之间一米的距离

得到的时候也许就预示着失去的开始，
贴近的时候也许就预示着远离的开始。
所以，我爱这一米的距离，是因为不想失去，想有一点儿距离。

总觉得我是幸运的，人海茫茫遇见了你，遇见了一生中最爱的人。说不清你哪一点好，也说不清你有什么特别，只感觉与你一起的日子，连光阴都是美的。

我说，我愿流离一生追随你到天涯海角。你说，风尘过往许我一世温柔。一缕缕温暖渗入彼此灵魂深处，一丝丝爱恋在时光里荡漾。

一直认为，爱是要有距离的，美也是要有距离的。我最想要的，是想和你隔着一米远的距离。在一个流淌着柔和旋律的夜里，相对而坐，喝咖啡，闲闲地聊生活，聊心事，间或，你会握着我的手，我会凝视着你的眸，温情和灵犀在湿润的空气中袅袅升起。

想和你隔着一米的距离，一起去看大海，观落日，赏流霞，诗意如夕阳碎金般点点洒在心头。你偷窥我的眉眼，正碰上了我斜睨你的目光，如花的脸颊如醉酒般嫣红。

在一个缀满星星的夜晚，并排躺在柔软的草地上，如两条不相交的并行线。微风轻吟着爱的絮语，星星闪烁着浮动的情思，你我无须言语，有一种默契在温柔的地表传递。

在一个洒满阳光飘荡着花香的春日里，行走于草长蝶舞间，做一些关于前生关于来世的白日梦，聊一些关于希望关于生长关于绽放的话题，心中的愉悦一如青草般萌长，一如阳光般温暖。

如果你感觉到我有时热情似火，有时又淡然冷寂，请无须惊异，也无须怀疑，我一直都爱着你。只是，我很在乎我们之间的距离，我最喜欢的是你我之间一米的距离。

我不想我们走得太近。世间常常存在着一种辩证的得失，得到的时候也许就预示着失去的开始，贴近的时候也许就预示着远离的开始。所以，我爱这一米的距离，是因为不想失去，想有一点儿距离。

我不想我们走得太近了，近得你的眼睛只看到我，我的眼睛只看到你，失去了世界，爱也将要失去了；近得牵绊了你行走的迅捷，影响了你舞姿的翩跹，近得只听到彼此粗重的呼吸，却听不到婉转动听的鸟语。

你我之间一米的距离，可以拉着对方的手，却拥不到对方的肩。可以凝视着对方的眼，却吻不到对方的唇。因而不必担心你我之间不小心碰撞出的火花，把彼此烧成灰烬。

可以看到对方脸上温暖的微笑，却看不到对方毛孔里蒙着灰尘。可以看到对方眼眸中闪耀的金辉，却看不到那眼角细细的鱼尾纹。

在我犹疑的时候，可以看到你鼓励的眼神，在我跌倒的时候，可以抓到你扶持的手；在我惊吓的时候，可以听到你沉稳的声音：别怕，有我在。

爱情是两人世界，不是一人世界，有距离才有吸引力，没有距离的爱，体验不到吸引力。很多美好的东西，都是等来的，不是抢来的，而等待需要耐心。失去耐心之时，也是我们与幸福擦肩而过的时候。

你我之间一米的距离，是独立的距离，是自由的距离，是生长的距离，是牵挂的距离，是关爱的距离，是温馨的距离，是永恒的距离。

一直相信有一种爱，是可以超越外在、超越世俗、超越功利的。一直相信有一种爱，是可以穿越时空、穿越生死的。

一直相信有一种爱，是不计结果的。一直相信有一种爱，是可以如两条离得很近的并行线的，仿佛终身相依，却又永远相离，仿佛终身相离，却又永远相依。

你我之间只要一米的距离，是爱的距离，是美的距离，也是幸福的距离。（佚名）

## 爱的情感守恒定律

爱情是一条绳索。在绳索的两端，
为了情感的守恒，两个带着同样渴望的人，不断地走进彼此的世界，
再不停地用理解和宽容来调节绳索缠绕的松紧程度。

两个生活在不同世界的人偶然邂逅，并一见倾心，演绎一段段悲欢离合的戏曲。无意中的相遇，为彼此幽暗的生命带来柔和美好的光亮。看不见他，却依然能感到温暖。原来，爱是一种比阳光还要温暖，比春天还要美丽的情感。

爱情是一条绳索。在绳索的两端，为了情感的守恒，两个带着同样渴望的人，不断地走进彼此的世界，再不停地用理解和宽容来调节绳索缠绕的松紧程度。

付出情感的双方，会在意自己在对方心中的位置。在相处时，时常会有来自内在和外力的侵袭和摩擦，促使绳索不

断地打结，抑或，在彼此不断的让步和妥协中破解，达到相处的和谐。

爱情并无解。相遇的两个人，都需要履行义务，来换取心理上的平衡。然而，一方履行义务，付出了一定的情感，作为接受方的一方却永远处于不满足状态，也成了常态。

其实世间所有的爱情都长着一样的面目，一半是苦难，一半是幸福。当你们享受幸福的时候千万记得要给自己留下一点儿余地，不要步步逼近。

感情永远不适合单方面给予，它需要走近的彼此用心呵护，相辅相成，来换取守恒。

你们因为爱在一起，甜蜜、幸福、快乐，可是慢慢演变成后来的争吵、闹分手……刚开始的那份爱消失了吗？

其实，那份让你们幸福和甜蜜的爱从来没有消失，它只是被你们彼此的控制所遮盖。你想控制他的过去，尽管在他的过去里并没有你的存在，可你却想控制他的所有。

控制一定不是爱，虽然它由爱衍生，却和爱背道而驰，当你受控制的心魔影响，你在做的，就是亲手毁了爱。

你们时刻都要快乐，但追求快乐的方式却那么笨拙，以至于带来更多的忧愁。你们认为必须抓住才能确保获得快乐，你还会问自己：如果不拥有，怎能享受呢？其实，你们总是把执着误以为是爱。

因为太爱了，你们总想着为爱抹去彼此的边界，甚至想和对方合二为一，以为这样才是爱的极致，一切的控制都是为了抹去两人之间的界限。

慢慢你会发现，掺杂感情的事情终究需要两厢情愿，永远都不能勉强。两个人交往，距离是彼此最该有的尺度。

真正的爱是互相尊重，只有尊重了才有界限，而只有有了界限，你和他才能作为两个独立的个体而存在，你们才能有相爱的可能。抹杀了边界，同时也抹杀了独立，你应该知道，自己是无法和自己产生爱情的。

说起来，“不要去尝试改变一个人”是很简单的一句话，但是几乎每个人都会在情路上被这事折腾得死去活来。

因为我们太相信爱的力量，不愿接受“爱很脆弱，要很小心呵护”的事实，最后只能换一句对方的“对不起”和自己的万念俱灰。

有些时候，爱是手心的气流，抓得越紧，它逃逸得越快。所以要给爱留白，只有空间适当，爱才会健康成长。又有些时候，爱是心灵上的风景，只有处于确切的位置，才能读出它的韵味。

要和爱情保持一定的距离，学会多角度、多层次地欣赏它，这样的爱生命才会长久。所以，最好的爱的方式是彼此有联结，向对方敞开心扉；同时也有界限，保持两个人各自的独立性。（佚名）

# 我爱你，因为你是自由的

真正好的爱情，需要一点点退后，
只有彼此保持一定的空间，才能更完整地欣赏爱情的全貌。
不过分地厮缠，也不会显得太疏远。

在最美好的年华，在最适宜的时间，我们演绎了一场人间最诗意的遇见。从此，我的梦境不再孤单，因为有爱的心，无数的时光，便是无数的欢乐，便是无数美丽的心情在闪烁。看到的每一张面孔都是温馨的花朵，都在向世界含笑致意。

这样一个洁净的世界，孕育着一颗颗美善的心灵，我幸运地找到最柔软的这一颗，知我，懂我的心灵。我没有理由不把自己交付给这样的幸福。

爱是一生的相濡以沫。真正好的爱情，需要一点点退后，只有彼此保持一定的空间，才能更完整地欣赏爱情的全貌。

不过分地厮缠，也不会显得太疏远。

因为我们的心里都有对方，所以不会轻易伤害，即使爱得那么如胶似漆，也要控制那种痴情。爱是精神的催化剂，但是不要被一些迷障困扰，给我们的爱一个很好的定位，不能一意孤行。

爱是一种付出，也是一种责任。付出并不等于去占有，是从心里真正去为你着想，要真正把你的美融汇在心里，默默地对你好，用心去感动，用爱去温暖。

我不会把自己的付出当成一种爱。真正的爱情不仅要求互爱，还要心心相印，了解对方的精神世界。倘若我们连起码的爱都不懂得，还怎样去爱，去付出?

说起爱的责任，是我们每个人都要做到的，不要因为你爱我，我就为所欲为。爱是相互的，也是共同信任的，不是等价交换，更不是出卖品。爱是从心里付出爱的责任，要有很好的承担，更要有大度的胸怀。

我相信在一段感情里，爱的程度是不一样的，总会有一方爱得比较多，另一方则爱得比较少，爱得多的一方常常希望把彼此的空间填满，不是刻意地占有，只是希望自己的生活里处处都有对方的参与，也可以时时参与对方的生活。

但长此以往，会把爱情填得太满，时间久了，不免撑出缺口，事后想缝补缺口的时候，会发现早已千疮百孔。

可以比对方爱得多，但是不要将它演变成占有与需索，而是应该用平和的方式去爱。

双方的感情投入程度不一样，有时候却能起到平衡爱情的作用，爱得多的那一方不要去计较，感情一旦开始，计较就会增添矛盾。

每个人的内心都不一样。有的人表达爱的方式近乎炙热疯狂，希望把自己的真心置于对方的手中。有的人表达爱的方式则平和内敛，就像吃一颗糖那般，喜欢慢慢将它融化在嘴里，浅尝那份甜蜜。

我相信真正的爱情是会让一个人的内心变得美好起来，而这世间最美好的一切，无不与自由有关。我更欣赏这样的爱情：我爱你是因为你是自由的，我爱你只是为了让你活得更自由，你越自由，我越爱你。

好的爱情有韧性，拉得开，但又扯不断。互不束缚对方，是我们对爱情有信心的表现。谁也不限制谁，到头来仍然是谁也离不开谁，这才是真爱。

最好的爱，是跟你在一起后，连身边的朋友都觉得我更可爱了，而不是每天都活在你够不够在乎我的担忧里，照顾不好自己还一心为你改变。

一段感情，两不相欠，不必为了变成对方想要的样子而只懂迁就，更别去计较谁付出的多或少，平淡相处，一直做自己，相信我们还能如当初一样喜欢彼此。

我始终相信，我们有着许许多多的相似，我们存在意识基础层面的高度认同。我们有各自的梦想，在追逐梦想的时候可以结伴而行。（佚名）

# 愿你始终爱着原来就爱的人

你们没有在一起之前，都是一个人。
在一起之后，是名义上的两个人，但你们仍是你们自己。
通过爱一个人，你们学会了爱，学会了爱与这个人相关的人，
也更爱自己原来就爱的人。

人与人之间，一旦有了最真的情感，即便远隔天涯，天涯也无所谓遥远，即使付出再多也是心甘情愿。或许生活的滋味，有时真的如一杯黑咖啡，没有美妙可口的清甜，只有摄人心魄的苦涩，却留有醇浓四溢的无穷回味。

世上有千千万万种爱的方式，变幻的只是形式，而不变的始终是那颗心。爱与不爱，或深或浅，彼此都会明了。

有的人为了爱奋不顾身，会被自己的爱情所打动，总感觉自己那么努力，为什么对方什么都不为自己做。在爱情中太计较得失，便会失去爱情原有的味道，爱情也会变质。

你的付出，其实对方知道，但是你不断地提起，就会成为一种变相的压力。你的爱成了他的枷锁，会让对方喘不过气，越绑越紧，让对方想逃离。所以，别把你的爱，变成绑架对方的武器。

爱情，缠得越紧，越容易失去。不需要他有多完美，只是需要他能让你感觉到，你就是唯一。全世界最幸福的童话，不过是，与他一起度过柴米油盐的岁月。

很多时候，人们逐渐在不知不觉的生活中，抹去了爱情的痕迹，若心看不到了，眼睛就更看不到了。然而，爱情就在那里，一直都在，只要多一点儿注意。

对于爱情的幻想与想象，总会让人误解最真实的爱情，一旦不能达标就认为对方不爱你。其实，真正的爱情得用心去感受。爱情不会抛弃任何人，只是在于你是否选择接受与之一起的不安、难过等心情。

你需要放弃的幻想是，有一个完美的人等着你，只要和他在一起，他就能实现你的每一个期望，满足你的每一个愿望。别期望你理想的灵魂伴侣是一个永远有爱心、容易相处，同意你说或做的每一件事，还能给你舒适生活的人。

没有人是完美的，因为不完美而觉得自卑是所有人在爱情里的表现。承认不完美，才能更自信，才能相信爱不会失去。要爱就要爱得简单，都给自己留点儿空间。

爱只是两个人的交集，而不是把自己完全融入对方，最后自己都迷失了，何来爱和幸福?

凡事不用那么计较，生活微妙的平衡就在这尺度的把握之间。幸福自平衡中来。

无论钱多少，无论日子是否艰难，只要得到的和自己的能力相匹配，失去的和自己的预想差不多，那么生活的每个阶段、每一刻，都可以达到平衡。幸福感也就会由此而生。

爱要有适当的距离，但不要疏离；关系需要界限，但不要局限。即使是再亲密不过的伴侣，也是两个人，在生活和情感上都应有属于自己的部分，也有属于两个人共同的部分，这两个部分需要共识和平衡。

两个人相处长了，必然会出现冷局。如果你想永远保持爱情的新鲜感，最好的方法是，两个人都有自己的空间，永远保持一种为对方所欣赏的魅力。

感情相处久了会习惯，会自我，会厌恶。但有时候，你从另一个角度去看待一些事，认识对方，你就会得到很多之前不曾有过的感受。或是崇拜，或是体谅，或是珍惜，或是改变，总之，会让自己变得更好。

你们没有在一起之前，都是一个人。在一起之后，是名义上的两个人，但你们仍是你们自己。通过爱一个人，你们学会了爱，学会了爱与这个人相关的人，也更爱自己原来就爱的人。（佚名）

# 像爱闺蜜一样爱你

你有你的内心浪漫，我有我的关怀方式，
无形有形，见招拆招，这就是看似不同却殊途同归的爱情。

真的爱情像美丽的花朵，它开放的土壤越是贫瘠，看起来越耀眼。

一生中能碰到让自己真正动心、心甘情愿付出感情的人没有几个，我感谢上天对我的眷顾，让我遇见你，是你让我相信我们之间的感情都是因为爱。

爱是上天给予我们最大的财富，它让我们哭泣欢笑，在喜怒哀乐中体味人间冷暖。爱让我们彼此相识，相知和相爱，在恩爱情仇中咀嚼人生况味。

但在现实生活里，我们却会常常在爱的索取中钻进了偏执的胡同，不可自拔。

不知从何时起，我们似乎更多的只是习惯于接受爱情的纯净、浪漫和赞美，殊不知人世间根本就没有绝对的纯净，而浪漫从来就不会长久，再好的赞美也会成为岁月的谎言。

于是，我们变得彷徨和困惑，甚至怀疑真爱的存在。其实，爱始终是存在的，只是大多数时候我们的爱太过理想化，出于追求完美的心理，爱在不自觉中被我们关进狭隘的樊笼。这种爱多半不完整，只能在真空中延续。

爱是一种责任，每个人都要摆正自己在爱情里的位置。把自己全部抛给对方是对生活的逃避，是借爱的幻想欺骗与麻痹自己。爱并没有那么大的魔力，要先有生活，爱才有所依附。

爱你，我会让自己慢慢地读懂你；爱我，也请你细细地读懂我的心。爱情有时如童话，有时却更现实；爱情有时可以让人重生，有时却可以让人毁灭，关键是爱一个人是不是要有如常的心态。

所以爱情最好的结果是：你对我付出的，是我想要的，而我对你付出的，也正好是你想要的。当爱情成了正比，也许能在一起的日子不会太遥远。

每个独立的个体，最终的追求都是全身心的自由和解放。我们这一辈子，如果能感觉到自己独特的存在，就可以让人生得到极大的满足。

孤独，是爱情最本真的存在状态。恋爱双方都有独立的人格，不是你中有我，我中有你，有时要给自己留一定的空间，也等于给了对方空间。毕竟，爱情不是人生的全部。

我会像爱闺蜜一样爱你，因为闺蜜之间是绝对平等的，我不会为了闺蜜去改变自己的生活路径，也不会为了闺蜜死去活来。

然而，闺蜜之间却深深理解并惺惺相惜。我要追求的，就是跟你也达到这种程度。我相信你就是我该遇到的那个人，我们会穿越平等的目光与对方相爱。

我想真正成熟的爱情是：你感冒了，如果我在你身边，我会好好地照顾你；如果我离你很远，我会嘱咐你要去看医生而不是不顾一切地来看你，不是我不在乎你，而是因为这只是一个感冒，我们都要学会对方不在的时候自己照顾好自己。

我不会不顾一切地对你好，但是你永远是我在生命中付出最多的人。

爱情不能如诗，想象的爱情会剔除真实的平凡和琐碎，爱会变得缥缈，丧失了根基和安全感。爱情也不能如事，死板教条只是条框，生活的调剂是保持爱情新鲜的催化剂。

你有你的内心浪漫，我有我的关怀方式，无形有形，见招拆招，这就是看似不同却殊途同归的爱情。（佚名）

## 每个人都是艺术家，不要代替对方去生活

你不能走进他的生命中，因为他不是一个口袋，不能将你封存；
他也不能走进你的生命，因为你不是一条河流，不能把他吞没。
你们各自是一段旋律，能够和谐地互相缠绕共舞，却也各有各的独立灵魂。

我们总是先看见海的图画，再看见海；先读到爱情小说，后知道爱。爱情本来并不复杂，来来去去不过三个字，不是我爱你，我恨你，便是算了吧，你好吗，对不起。

他如果认识从前的你，也许会原谅现在的你。人生最大的幸福，是发现自己爱的人正好也爱着自己。

爱，是美好的字眼，不论对人还是对物，只要产生爱，人就会情不自禁，欣喜若狂。

相爱的两个人之间必定会产生一种亲密关系。亲密意味

着创造出一种温馨、友好和自在的氛围，让彼此能够分享一些共同的爱好、习惯或情感，从而收获一种混合了更快乐、更健康和充满惊喜的感觉。

我们总是习惯主动给予，习惯在满足对方需要的时候得到被需要感，再从这种被需要感中确认自我的存在，确认自己对对方的意义。

但是这种付出常常太过自然，渐渐便被对方忽略，甚至连感谢的话都不再有。但是人岂能只付出而不被滋养？

爱情给了我们做艺术家的机会：你邀请一个人进入你的世界，你借给他你的眼和心，你愿意让他看到一切你认为美好无比的事物。

而那本来是孤独的、瞬间会消融的、从没有人知道的美好，因为爱情的分享，使其成为永恒，成为你和这个世界永远无法割断的联结。

可如果你没有自己的世界，你没有发现也没有创造，连对爱情的态度也是建立在众人的态度之上，那么这爱情比水中的月亮还虚幻，比被白蚁侵占的木屋还要无力。

如果一份爱情没有激发你一点儿想象力，而是任你在消费主义浪潮中和他人的口水里随波逐流，那么你应该想一想自己是否真的遇到了爱情。

每个人都是一个圆，你们现在喜欢、欣赏彼此，说明你们的圆有交集的部分，如果这个交集在以后的交往中逐渐扩大，那你们可以走很远。

但是这两个圆永远不会重合，也不要重合。每个人都是独立的个体，都要有属于自己的那一部分，不能为了爱情而丢掉自我。

生命原本就是流动的，独立的。你不能走进他的生命中，因为他不是一个口袋，不能将你封存；他也不能走进你的生命，因为你不是一条河流，不能把他吞没。

你们各自是一段旋律，能够和谐地互相缠绕共舞，却也各有各的独立灵魂。

在被际遇一次次点醒之后，我们才相信，爱情有一千个动人心弦而又各不相同的音符，一段关系该是一场四手联弹的钢琴表演。两个人都有必须负责完成的部分。不要替代对方去生活，也不要免去他本该承担的责任。

每个人都应该专注于把自己的部分弹好，你的精彩，不能保证这段曲子没有瑕疵，却能让大家享受那些华彩的片段。

迎接爱情的你，同样需要一颗强大的内心，先为自己的爱的能力充满值，才能在爱情中尽情舞蹈。

爱要有尺度，不是你喜欢了，就应该爱。爱是心与心的相应，是灵魂的交融。不是说爱就爱，不爱就罢手。爱是一种情感，你爱了，就需考虑一番，不要信手拈来。（佚名）

## 第六章

# 我们只管负责精彩，老天自有安排

爱一个人就是认清这并不是一件特别伟大、
特别值得歌颂，甚至哭天抢地的事。
这只是你喜欢做的许多事中的一件。
如果非要说爱一个人是伟大的，
那么它的伟大之处仅仅在于
它让我们克服自己、超越自己，
把我们从狭隘的自我世界中解放出来，
去探索和关怀别人的世界。
感谢让你爱过的人，他给你的礼物不只是爱，
还有让你成长。活着的意义，也不外如是。

# 我很渺小，但懂爱情

在爱情的长跑路上，难免有磕碰，
不必过分追求爱情的细枝末节，要求它多么疯狂和伟大，
没有哪段感情是没有瑕疵的，但只要坚持到最后，它就是完美的。

我的爱情，没有轰轰烈烈，没有激情四射，有的只是一份坚守，细水长流。

在爱情的长跑路上，难免有磕碰，不必过分追求爱情的细枝末节，要求它多么疯狂和伟大，没有哪段感情是没有瑕疵的，但只要坚持到最后，它就是完美的。

我热爱画画，独自奋斗在这座陌生的城市，每天与梦想为伴。一个人走路，一个人吃饭，一个人生活，一个人看电影，一个人逛书店，一个人喝咖啡。我会遇到自己爱的人，但比别人晚了一步。

其实我也有伤心的时候，一个人发呆、叹气。但我始终相信，总有一个人，很优秀，在某个地方，正等待着我。

走在路上，总想着抬头就能看见你，转弯时，总想着你刚好迎面走来。身边再喧闹，想到世界的某个角落有个你，便也温柔安定了。每遇到一处美景，每尝到一道美食，每听过一段笑话，都会想，要是你在就好了。

终有一天，我们在午后的阳光下相遇，就这样相爱了。

我们一起聊天，一起晒太阳，一起宠爱着路边的小猫咪，一起看电影，一起逛书店，一起喝咖啡。

因为柴米油盐酱醋茶，我们也会有争吵，我们也会赌气。但我们约定，不会不接对方电话，不会错过彼此。

我想告诉你，如果你在乎我，可不可以让我知道，不要总是让我找你，那会让我觉得，你并不在意我。不要总是让我孤单一个人，我真的很讨厌寂寞。

记得多关心我，我喜欢你问我今天做了什么，而不是我一个劲地告诉你，我今天怎么了。在我情绪低落、心情郁闷的时候，要多讲话逗逗我，不要一直沉默。其实，只要你一句话，我就会很开心了。

在我生你气的时候，绝对不可以想着我在生气就不理会我。这样，我会很伤心，也会更生气。其实，我只是想你哄哄我。

不要让我在需要你的时候却找不到你，那样我会很无助。要记住我们在一起发生的事情，要记住我的喜好。

不管是好还是坏的事情，我都想让你告诉我，让我分享你的快乐，分担你的忧愁。

我爱你，一直如此确定。即使我们都不完美，但我们珍惜彼此。幸福，原来很容易，温暖，其实很简单，在对的时间，遇到对的人。

走在路上的时候，看见很多的大手拉小手。尤其是在寒冷的季节，看到这样的场景，刹那觉得温暖，于是微笑。想起来，两个人的日子，其实是美好的。

两个人，找个安静的小店吃饭，穿梭于喜欢的大街小巷，没有目的地漫步。即使没有言语交流，也不曾觉得尴尬。幸福，便在这一个个的瞬间绽开。

两个人，相互理解，彼此信赖，少一点儿束缚，多一点儿宽容，不要占有，那是最不切实的东西。

真正能留在心里的东西，从来不需要费尽心机地占有。温暖，便在这样的氛围中四溢。

两个人，彼此熟悉，想起来的时候，都是暖暖的笑意。无力的时候，知道对方便是家，知道那是彼此最后的港湾。

也许，我们的生命注定要经历这样突如其来的繁华与苍凉。我很渺小，但我懂得爱情，只是想找个人，牵着手，到白头。（佚名）

# 总会找到让你
# 心甘情愿傻傻相伴的人

爱情，应该就是在某个瞬间无可自拔、不明缘由地喜欢上一个人，
为了一个微笑，为了好看的睫毛，为了他随便一句话，
就有了魔力，陷入另外一个磁场里。

我们说，爱一个人，不是爱他的甜言蜜语，而是爱他骨子里的那一种善良与宽厚。同时，也希望会有同等的妥帖，即使隔山隔水，都能够被我们安然盈握，又微笑着一一记取。

有他在的时候，阳光是温暖的，他不在的时候，时光是静止的。

爱情，应该就是在某个瞬间无可自拔、不明缘由地喜欢上一个人，为了一个微笑，为了好看的睫毛，为了他随便一句话，就有了魔力，陷入另外一个磁场里。

能够慢慢培养的不是爱情，而是习惯；能够随着时间得

到的，不是感情而是感动。所以爱是一瞬间的礼物，有就有，没有就没有。

有些人适合你但不爱，有些人爱你却不适合。想知道爱不爱，别用耳朵听，要用心去感受。

想知道适合与否，别问他有什么，而要问你的笑和眼泪。一直让你流泪的，条件再好也不能要，一直让你笑的，就算吃苦也值得。

有些失去是注定的，有些缘分是永远不会有结果的，爱一个人不一定要拥有，但拥有了一个人就一定要珍惜。

不要认为后面还有更好的，因为现在拥有的就是最好的；不要因为距离太远而放弃，爱情是可以和你一起坐火车的。

不要因为对方不富裕而放弃，只要不是无能的人，彼此鼓励可以让你们富足；不要因为旁人反对而放弃，幸福是靠自己的内心来感受的。

相爱的人会在感情的曲折里一起成长。只要熬过一个曲折爱就会增长一些，彼此也将学会更珍惜对方一点儿。一路下去，爱将越来越深，越来越感受得到对方的好，不会再分开。

一个人要死要活想得到你，不是爱情，而是占有。一个真正爱你的人，并不会想尽办法来得到你，不会满口谎言地骗你，不会花言巧语地取悦你，而是一心为将来打算。

爱你的人有时候连死缠烂打都做不到，只是默默受伤，默默看你。爱得越深，就爱得越胆怯。

跟爱相比，人生很短。可每天，总听得到太多人对爱的挑剔和指责，人人都不能接受爱有瑕疵，那只是因为，他们没能真正尝出爱的真味道。

人的一生最难得的是遇见一个爱你甚过于爱自己的人。因为爱你甚于自己，甚于自己的生命，他也就会用自己的一生去宠爱你，守护你。

从此，你就是世界上最幸福的人。你一定要好好珍惜这个难得的人，这份难得的爱和难得的幸福。好好呵护好你们的爱，你会幸福一生。

爱注定是一条流淌的河，这一路不知道哪里才是终点，一路满怀欣喜，一路满怀憧憬，一路满怀向往，因为你们相信总有一天会遇上我们要奔向的海洋。

这一路总要去经历草地、泥沙，以及种种的波折。也曾错过，也曾笑过，也曾傻过，还好你们一路坚持走下去，直到某一天遇到那无垠的海洋才知道之前的种种经历有多么值得。

路上再美的风景，也只是曾经的记忆，路上再困苦的波折，也只是心里曾经的伤痕，时间已经冲淡过去，而今，剩下的只有你和他两个人。

你要相信世界上一定有你的爱人，无论你此刻正被光芒环绕，被掌声淹没，还是当时你正孤独地走在寒冷的街道上被大雨淋湿，无论是飘着小雪的清晨，还是被热浪炙烤的黄昏，他一定会穿越世界上汹涌的人群，走向你。

感谢生命中那些擦肩而过的人，感谢生命曾经陪伴过的人，感谢生命中那些曾经伤害过的人。爱让人成长，成长后才更加珍惜现在。

无论生活得多么艰难，你最终总会找到一个让你心甘情愿傻傻相伴的人。（佚名）

# 如果只有一点点喜欢你，我愿意先等待

这世界的人有太多的杂念，喜欢一个人，就会把那份好感放大成爱，
把自己所做的当作理所当然，想要回报，想要靠近，
想要喜欢的人也一样喜欢自己，想要感情的跷跷板平衡。

如果我只有一点点喜欢你，我就不会跟你说。因为我知道，人生，特别是当你寂寞太久的时候，有太多的冲动。把喜欢当成爱，把一秒当作永恒。

人这一辈子，喜欢过太多的人，分分合合，却始终理解不了自己的情绪。我相信一见钟情，也相信日久生情，所以我要等待，等待这份只有一点点喜欢的情愫慢慢沉淀。

如果，我喜欢你的时间够长，或许半年，或许一年。那么，我愿意和自己打个赌，看过了这么久的时间，我是喜欢你更多，还是降为了只是欣赏，甚至是发现了你的许多不契

合自己内心的标准而不再喜欢你。

如果我喜欢你更多，想和你在一起的心情一直在，且没办法把目光集中在其他人身上。那么，我就会亲口告诉你：我喜欢你，我想跟你在一起，我希望你也能喜欢上我。

但是，世界上并不全是如愿的事情。所以，我没必要要你的回答，也不会要求你喜欢我就一定要和我在一起，更不想让你因此而苦恼并日渐远离我。如果你知道了，也明白了，那么等你跟我有了同样的想法、愿望和冲动，请你来告诉我。

我们无法掌握未来，但是我们知道今天想要的是什么，为了什么而努力。昨天对我们来说，只能是一个回忆。今天对我们来说，是最真实的，是最幸福的。明天对我们来说，是一个未知数。

如果我们顺理成章在一起了，我爱你自然会让你知道，我爱你自然会避开争执和怀疑，我爱你自然不会让你难过。我把我的心交给你，让你每天都开心度过。

只要有你的日子，我不要你的任何承诺。只要有你的日子，我不会再给你压力。只要有你的日子，就会让我知足。

只要有你的日子，就是我最大的幸福。

我现在就把我整个的心交给你，至于以后会怎么样，我们都无法来预知，但是至少我们知道现在想要的是什么，比什么都重要。我们快乐了，幸福了，就可以了。

如果我那时仍然喜欢你，我们就在一起，如果不，那就算了吧。

我知道，这世界的人有太多的杂念，喜欢一个人，就会把那份好感放大成爱，把自己所做的当作理所当然，想要回报，想要喜欢的人也一样喜欢自己，想要感情的跷跷板平衡。

不是不可以，只是还没有那么洒脱地喜欢。爱不是跷跷板，也不是天平，双方谁多爱一点儿少爱一点儿也是正常的。

世界上有一种爱，只要用心寻找，就能找到。我找到了，那就是你。我不会给你压力，就像你说的一切随缘。我也不要你的承诺，只要你有时间了能想起我。不管我们以后的结果是什么，我都会微笑地去面对。（佚名）

# 准备好自己，来迎接一切可能的发生

所谓那些准备好的人，大抵都是他在某些地方特别吸引你、感动你，然后他其他的条件和特质你都可以忽略掉，如此便可以在一起了，成为准备好的人。

你最喜欢的事情就是等待，等那个对的人出现。你说都等了几十年了，还差一两年吗？

在我们的生命中，遇到了各种各样的人，经历了各种各样的故事，时间给了我们足够多的机会，可是那个对的人始终没有出现。

并不是我们要把地球上每个人都了解个遍才能确定哪个是对的人，或许是我们自己出了些问题，并没有准备好去迎接这个对的人。

世界上没有哪个人是可以完全为你准备好，完全与你吻合的。

所谓那些准备好的人，大抵都是他在某些地方特别吸引你、感动你，然后他其他的条件和特质你都可以忽略掉，如此便可以在一起了，成为准备好的人。

但是你总是怕错，怕这是一个错误的人，怕这是一份错误的感情，怕这是一次错误的选择。你不敢确定这是不是你要找的人，你甚至没有勇气去了解。所以在你没有确定这是一个对的人和一份对的感情的时候，你不会考虑去开始。

你怕的还有很多，你怕他不靠谱，怕万一开始了，你陷进去了，你爱上了，中途他抛弃了你怎么办，那该有多受伤多痛苦。如果不能确定这些，那么宁愿不要开始。

归根到底，其实是一个关于值得的问题。你值不值得被爱，值不值得被一直爱。你希望得到爱，但是又不相信爱。结果就是：当有人爱你的时候，你感觉很好，但是不愿意去开始这段关系，因为根本不相信这段关系能永远。

只是谁都不能保证一段关系会白头偕老。更何况，还没开始爱，就想到了60年后还会不会在一起。没有起步，就开始害怕结局。感情需要经营，而不是需要被别人来证明。

只有相信自己是值得的人，才有勇气和力量去经营，因为你会相信自己值得拥有一份持久且美好的感情。

因为，一段美好的关系，必然是两个人一起坚信，一起努力，相互支撑。关系是一个系统，系统需要平衡才能持久。

有的人很好，你很想爱上他，但就是做不到。有的人没那么好，可你就是没法不爱他。

当感情真正发生的时候，你会发现，一直想要的东西，与条件优秀无关，只与自己的心有关。把心打开的时候，有一个人进来，你会发现自己心灵的缺失，很容易满足。

真正获得爱的渠道就是你自己，在于你的心有没有敞开。你可不可以给自己安全，可不可以给自己爱。

当你敢于正视自己真正需求的时候，你往往会发现，感情是件很简单的事情，无须刻意，无须筛选，无须防御，一切都水到渠成地发生了。

所有爱的发生，都建立在你准备好自己的基础上。

有些人是因为怕受伤，所以才放弃自己、封闭自己，将感情视为一种任务，一种必须的选择，将能爱的心锁上了。

因为过往，因为有过，因为痛过，所以不愿意再去相信，不愿意再去敞开，不愿意再去付出。

封闭，其实就是不再相信自己的爱了。故事，都曾有过，但是伤害，应该成为我们反思自己的原因而不是封闭自己的原因。

经过了那么多的痛，我们还是长大了。经历了那么多委屈，那么多无助，那么多无奈，那么多身不由己，我们还是长大了，而且还是活得很好。又有什么伤害是我们不敢面对，又有什么理由不让我们去敞开自己呢?

还是有人喜欢你，虽然单身与喜欢无关。但是你完全可以，准备好自己，来迎接一切可能的发生。（从非从）

# 爱情不是生命中深重的负荷

那些能遇到幸福的人，都是真正相信爱情的人。
他们没有拿着一把尺子，先去打量对方有多高，
也没有在心里拿着哪个明星的样子，在对方身上做比较。
给自己附加的条件越多，就越偏离爱情的模样。

这辈子，我们不一定遇上谁，偶然便是机缘，巧合便是伏笔；又不一定离开谁，执手再紧亦要挥别，牢不可破其实不堪一击。

天下人与事，莫过于聚散得失，遇上了，给对方一份美好；岔路了，给自己一点儿生机，谁也不是谁的谁。管它拥有与失去，相见总是不容易，只能且行且珍惜。

什么是爱情？有时候我觉得想念对方就是一种爱，牵挂对方是一种爱，迫不及待地想见到对方也是一种爱。重要的是，只要心中能想着念着对方，这就已经足够了。

想念一个人，是偶尔相对无言的尴尬；想念一个人，是对即将见面的美好期待；想念一个人，是紧张工作之余的莞尔一笑；想念一个人，是阴霾天气里冲着天空展开的笑颜；想念一个人，是打开手机查看他相片的甜蜜心情。

一直以为，只有面对面地交谈才能算是倾听，却没想到，其实体会沉默也是一种倾听。牵挂一个人，有时是问候，有时是沉默。

沉默并不意味着把爱埋藏在心中永远不说出来，可以用温暖的举动，勇敢地打开自己的心扉，然后为感情负起责任。

最好的爱莫过于，我不会质疑对你死心塌地的自己，也不会担忧你是否爱我，因为我知道你的心在我这儿，而我便是你不可变更的归宿。

其实，不是我们遇不到爱情，而是爱情来临时，我们没有看清楚它的模样。它可能没有华丽的外表，不是你想象中的样子。就像机会来临前，它总是先给我们看一个丑陋的面孔一样。

那些能遇到幸福的人，都是真正相信爱情的人。他们没有拿着一把尺子，先去打量对方有多高，也没有在心里拿着哪个明星的样子，在对方身上做比较。给自己附加的条件越多，就越偏离爱情的模样。

真正的爱，彼此间就会存在着一种默契，无须用过多的语言来表达；真正的爱，是忧郁时，有一双温暖的手，牵着我走过阴霾；真正的爱，是落寞时，有一双温柔的眼，凝视我，给我直达心扉的温暖。

真正的爱是执子之手，与平淡的时光相伴，虽没有浪漫，但是却有他安静的陪伴；真正的爱，是两个人在一起，互相迁就，接受彼此的一切，爱无痕，但心有数。

我曾经幻想过我的爱情，有浪漫的告白，有温暖的陪伴，有幸福的吵闹，亦有无聊的闲话。爱情，原本不是要成为生命中一份深重的负荷。

只是希望两个人在一起的时候快乐就好，用心去爱对方，不必想太多，更不必想付出什么实质性的东西，只要你心能够体会到我爱你，就够了。

我会用温暖的微笑面对你，我会用如水的柔情拥抱你，我会用纯朴的真心陪伴你，只想留下一份无瑕的美丽，留下一份美好的回忆。

有你我就是幸福的，再轰轰烈烈的爱，也不及十指相扣平淡的温暖，再丰富多彩的人生，也不及有你安安静静陪伴的幸福。

感谢时光让我遇到了你，感谢光阴，给了我有你陪伴的岁月。时光静好，岁月不老，有你一切都好。（佚名）

# 请以凡人的方式活着，与他交往

亲爱的，愿你在以后的时光，遇见一个不那么差的人，
扔掉你的放大镜和显微镜，你只是用肉眼凡胎去和他交往。

你相信爱情大于生命，你兜兜转转，寻寻觅觅，不是定要寻得完美百分百的爱情和爱人，只是习惯了寄希望于下一个，不断地遇见，却也不断地错过。

你向往着择一城终老，携一人白首，你执念于愿得一人心，白首不分离。因此，你一直在找，一直在等。

遇见一个人，然后在一起，最后发现他身上有某个缺点你不能接受，接着你又准备与另一个人相遇。你说你并不要求多么伟大的爱，却在挑剔着每个追求者的毛病。

因为一件很小的事，你潇洒地转身，毫不留情，也不给

他人机会。就这样一次又一次，你失去了耐心，认为这世上没有人值得你停留。

其实你的心从未真正打开，只是被动地接受，在应该笑的时候笑，在应该哭的时候哭，你仿佛活在剧本的世界，随着剧情需要而变换不同的面具。

你害怕被触到内心，沉入低谷，将自己紧紧包裹在暗夜里。

渐渐地，你身边的人，留下的也没有真心，你们相互敷衍，相互抱怨。世界怎么会背道而驰？温暖的拥抱在哪里？

可是亲爱的，你给过别人温暖的拥抱吗？你用心审视过自己的灵魂吗？你用一颗包容和理解的心去和别人谈过吗？你为他人敞开过心扉，倾吐过最真实的渴望吗？你想过真心地去开展一段爱恋吗？

是的，没有，你几乎很少那样做。可是你忘了，唯有内心真正明媚的人，才能感受到另一颗温热的灵魂。

或许你可以少一些孤傲，多一些微笑；少一些言不由衷，多一些真心实意；少一些挑剔，多一些包容；少一些不切实际，多一些实实在在。

亲爱的，如果你没有孤独终老的打算，那就不要太过执着于一辈子如初恋的感觉，不是每个人都有那样的运气。

人生短暂，输不起的就不要轻易用一生来做赌注。遇见了就不要错过，感情不是坐公交车，这趟离开还会有下趟。

你要接受一个人，不只是接受他的优越，而是看清了他的平凡普通却仍然去深爱。可事实经常是，走着走着。你就感觉对方变了，其实他并没有变，你只是看到了对方最真实的一面，却又迷失了你自己。

有时候你也可以幻想，你爱上的那个他和当初想爱上的那个，会有多少差别。外在的，内在的，平面的，立体的，或许找不到，但至少可以让你对比一下最终爱上的那个人，到底有什么值得你去深爱的。

爱情，是一个瑰丽的梦，在梦里，有时候我们需要请理智走远点儿。但在梦开始之前和梦醒以后，我们还是得擦亮眼睛。

太完美的爱情就像蛋糕，看着香甜，吃着难免太腻，所以爱情不需要十分，九分最好。

在最美的年华，你不必苛求，只是跟从内心，在你还未羽化成神时，请以凡人的方式活着，与他们交往。

亲爱的，愿你在以后的时光，遇见一个不那么差的人，扔掉你的放大镜和显微镜，你只是用肉眼凡胎去和他交往。

爱情，是生命里的一抹春光。有乍暖还寒的起伏，有无限春光的旖旎，有万紫千红的绚烂。把所有的经历都当作是生命里的章节，好好感受。

永远不要对爱情失望，不要对生命失望。在你将眼睛锁定在某一个人身上时，不需要别的，只需要把你的右手按住左胸口，看向前方，享受春光。（佚名）

# 我有爱在，故我依然美丽

崇拜居于爱情之上，喜欢居于爱情之下，
欣赏居于爱情之畔，它们都不是爱情。
但是爱情一旦发生，却能够将它们囊括其中。

每份爱情的产生，都是美丽的传说。我始终信奉一句话：你是谁，便会爱上谁；你是谁，便会吸引谁。

没有遇到爱情前，我们总是会幻想出各种浪漫的情景。每个人都是做梦的天使，都渴望邂逅一段属于自己的独特爱情，遇到对的人幸福地相守一辈子。

每一个人又都是爱情里的探险王，为了找到人世间的真爱，在追求的道路上一直探索着。

所有的爱情，产生的感觉都是美好的，让人难以忘怀的，有一种不顾一切想在一起的冲动。如果谁在爱情里反复地斟酌，反复地思考，那不是爱情。爱得太理性的人，根本不懂得什么是爱情。

不期许，也不说再见，这是生活的最高境界，这也是爱情的最高境界。洒脱、自由地在爱情中穿梭，不因任何事使爱情变成负累，从而套上桎梏。

爱情和其他很多事情不一样，不是你想期许就能有结果的，也不是爱到最后非要说再见的。

爱情是自然而然的事，没有遇到爱情之前，我们列出条条框框来规定自己以后伴侣的样子，自己需要找一个怎样的人去相守。

等到遇到对的人，我们才发现其实自己不需要那么固定的模样，他就是你要找到那一个人。因为他就是他，一个无可取代的他。

不离不弃永远是对爱情的最佳评价。我们总会相遇自己爱情的伴侣，只是时间的问题，只要守住自己的浮躁就能邂逅对的人。未来那么久，何必急于匆匆地行走。

路途中总会有值得回味的情感。学会欣赏路旁的风景，也许它们中间有我们值得采集的素材，那是我们能够与对的人相遇的最好见证。

我们终于会明白，有的爱情是水到渠成的，有的爱情是经历过万般磨难才走在一起的。

无论哪种爱情都不需要期许，但是需要用心去做好。如若不能做好，那么再多天花乱坠的期许也都是空谈。爱情注重的是实质，而不是华而不实的一些空许诺。

崇拜居于爱情之上，喜欢居于爱情之下，欣赏居于爱情之畔，它们都不是爱情。但是爱情一旦发生，却能够将它们囊括其中。

不管前方的路有多苦，不管多么崎岖不平，只要走的方向正确，都比站在原地更接近幸福。

在爱情中，我们每个人都是天使，都喜欢把自己表现得至善至美，都努力把自己培养成别人喜欢的，让人感到欣喜的那个人。

爱情带给我们所有人的美丽，都是我们无法预测其力量的。爱情会带领我们一路狂奔，走向我们自己能预设的和不能预设的未来。

不管在爱情里，我经历了多少，我依然相信爱是最美的传说，爱是能让人无限眷恋和无限追逐的，是能让人无止境前行的。我有爱在，故我依然美丽。

愿我最爱的人，也最爱我。愿我确定爱着的人，也确定爱着我。愿我珍惜爱我的人，也愿他的爱，值得我珍惜。

愿每个生命中最爱的人，会最早出现。愿每个生命中最早出现的人，会是最爱的人。愿我的爱情，只有喜悦与幸福，没有悲伤与遗憾。（佚名）

# 我们在一起，丰富彼此的生命

两个人在一起，除了互相照应、分享时光外，更重要的是，一起向前走。
和另一人在一起，接纳自己的能力和视野有限，
和对方沟通、交换能量，丰富彼此的生命。

两个陌生人，因为一份缘，从最初的相识到彼此的相知，有了一定的默契，才会有心与心的交融。随着时间的推移，产生了爱的火花，继而相爱，也许爱情就是这么简单。

然而所有的故事都会经历波折，尽管如此，人们依然对爱情充满向往与憧憬。爱情像毛线，你可以弄得一团糟，也可以织出温暖和美好。

每个人都会对爱情充满向往，因为它是那么美好，尽管这份美好是人为的想象和涂抹。爱情的本质其实是琐碎至极的，换言之，爱和情只是如同空气般的存在，稀松平常，司

空见惯，但却不可或缺。爱情有时候是我们赖以生存的养料。

有人或许会问，没有爱情会死吗？答案是否定的。没有爱情不会死，但拥有爱情会让人活得更丰富，更动人，更精彩，更有生命的张力和色彩。

如果说没有爱情的人生像一张白纸，那么拥有爱情的人生就如同万花筒，会给我们有限的人生留下无限的感慨和痕迹。

每个人的心中都会有对爱情最美好的镌刻和描摹，无论是什么样的爱情，只要彼此真心相爱，都会在彼此单薄的生命里留下或浓或淡的一笔回忆。

只待我们白发苍苍、人老珠黄时，有值得回味和怀念的东西，可以依赖着这份爱情的回忆细细咀嚼，反复品味，从而净化出一片新的天地。

爱情不是生活的全部，生活则是爱情的全部，我们必须好好生活，才能经营好一段美好的爱情。

在爱情中，真正相爱的两个人应该是彼此有着同样的奋斗目标，能够相互学习，共同进步，为了各自和彼此的美好未来而去拼搏去努力。我相信爱情的力量是无限的，它会促使我们创造出自己从没有想过的奇迹。

两个人在一起，除了互相照应、分享时光外，更重要的是，一起向前走。和另一人在一起，接纳自己的能力和视野有限，和对方沟通、交换能量，丰富彼此的生命。

到最后，即使我们没有因为努力而获得爱情，也能让我们在为着某个目标而奋斗的时候充满希望的、满怀信心。在这期间，我们是快乐的，成就了自我。

感谢让我爱过的你，你给的礼物不止是爱，更让我成长，人格变得宽容，懂得自爱。活着的意义，也不外如是。

自从遇见你，我就无法用语言表达爱你的感受，希望每一分钟都可以陪着你。我们在一起的时候总是感觉很温暖，每次听到你声音，我会变得开心兴奋，我清楚地知道我的心里都是你。

在经历了山长水远、繁华绚烂之后，至少身边还有你愿意陪我一起看细水长流。流年里的爱情，闪耀着灼灼的光芒，在爱与不爱之间摆渡，在向左向右的十字路口徘徊。

你温柔的充满爱意的眼神，足以融化世间所有的冰雪。从此，爱情里不再有孤独和悲伤，我只愿牵起你的手，陪你一起过着真切的平淡日子，直到生命的尽头。

一生中真正美丽的是心灵的容颜。今生我遇见了你，也在你心中遇见了另一个美丽的自己。

那些感动了我们心灵的时光，将永远停留在那清香的时刻——我会在内心为你留一席之地，这个位置不属于别人，将永远只属于你。（佚名）

# 最美好的事就是
# 观察四季和幻想你我

谈恋爱不是为了文艺，不是为了浪漫，也不是为了伟大，
更不是为了流芳千古，所以没有必要拔高自己，更没有必要弄得惊天动地。
爱一个人不需要理由，也不需要证明。

有一个倾心悲喜的爱人，有一份细水长流的惦记，是人生幸事。总有一些温暖，在淡雅的心间抚慰；总有一些感动，在细暖的心间流淌；总有一些铭心，在芳香的心间欢腾；总有一些快乐，在落寞的心间逗留。

每个人的爱情经历都不是一座静止的纪念碑，而是一条流动的江河。当我们回顾往事时，不必否认，更不该要求对方否认其中任何一段流程，哪怕是一条支流或是一朵浪花。

爱情不是人生中一个凝固的点，而是一条流动的河。这条河中也许有壮观的激流，但也必然会有平缓的流程，也许

有明显的主航道，但也可能会有支流和暗流。

除此之外，天上的云彩和两岸的景物会在河面上映出倒影，晚来的风雨会在河面上吹起涟漪，打起浪花。我们承认，所有这一切都是这条河的组成部分，共同造就了我们生命中的美丽的爱情风景。

爱情里面，从来就没有对错。你爱的愚蠢还是聪明，只在于你投入了多少。有些人一直都学得会抽身而退，有些人却总是遍体鳞伤，其实并没有谁比谁更高明。

爱上一匹野马，可你的家里没有草原，可是又有什么关系，你们可以一起去寻找。

爱情这回事，不必问过去，也不必去问将来。把每一分钟都当成末日，把每个恋人都当成最后一个爱人。全心全意，本来就是没错的。

有时候人陷进爱情的困苦里，便忘记了最初为什么要恋爱。说到底，你希望在爱情中得到什么？是一个能照顾你、逗你开心的人？抑或是，让你不用再去面对你原来要独立面对、属于你自身的种种问题？

其实你只是在逃避长大，只是希望有个人愿意无条件地迁就你。

假如只求一个人生避难所，或暂时迷醉自己的娱乐场所，那么，爱情无法给你安全感，无法让你从爱中成长，无法让你活得更踏实，更热爱生命，更爱你自己。

相爱的意义，是让自己在相处的冲突和自我分裂中重新整理自己，学习成长，让生活过得更好。

谈恋爱不是为了文艺，不是为了浪漫，也不是为了伟大，更不是为了流芳千古，所以没有必要拔高自己，更没有必要弄得惊天动地。爱一个人不需要理由，也不需要证明，需要证明的感情都是有瑕疵的，是爱得还不够纯粹。

成熟后的爱情，不再是茶饭不思的惦念，也不是为他放弃理智的疯狂。

成熟后的你们，可以一起冒险，也可以共守平淡，细心经营着简单的幸福，也会不时地创造浪漫的惊喜。

现在的你们，不猜疑，不意气，扎着根地成长，一步一步向共同的方向努力。

爱情不论短暂还是长久，都是美好的。因为，能够感受这一切的那颗心是年轻的。生活中若没有邂逅以及对邂逅的期待，未免太乏味了。

好的爱情是双方以自由为最高赠礼的洒脱，以及决不滥用这一份自由的珍惜。爱情的形态是多种多样的，是最不能千篇一律的。只要是两情相悦，不以利益为目的，就都是美好的。

有邂逅才有人生魅力。有时候，不必更多，不知来自何方的脉脉含情的一瞥，就足以驱散岁月的阴云，重新唤起我们对幸福的信心。（佚名）

# 版权声明

我社编辑出版的《我已见过银河，却仍只爱你这一颗星》，由于无法与部分权利人取得联系，为了尊重作者权益，我方委托北京版权代理有限责任公司向权利人转付稿酬。本书的作者请与北京版权代理有限责任公司联系并领取稿酬。

联系方式如下：

北京版权代理有限责任公司

北京市海淀区知春路 23 号量子银座 1403 房间

邮编：100083　　　　QQ：603454598

电话：133 1133 9559　　　　邮箱：603454598@qq.com

化学工业出版社